Ines Köster

Olivia Engel & Co.

Im Bann der Eiszeit

Bibliografische Information der Deutschen Nationalbibliothek
Die Deutsche Nationalbibliothek verzeichnet diese Publikation
in der Deutschen Nationalbibliografie; detaillierte bibliografische
Daten sind im Internet über http://dnb.d-nb.de abrufbar.

© 2020 Ines Köster
Umschlagdesign, Satz, Herstellung und Verlag: BoD Norderstedt
ISBN 978-3-7519-2621-8

Inhalt

Traurige Nachrichten

»Endlich Ferien!«, rief Emma lauthals und stürmte über den Schulhof. Keuchend warf sie sich in die Arme ihrer Mutter, die sie am blauen Schultor erwartet hatte.

Neben der Mutter saß Brilli, ein junger Mischlingshund, der erst seit Kurzem bei Emmas Familie wohnte. Seinen Namen verdankte der mittelgroße Hund den braunen Fellringen um seine schwarzen Knopfaugen.

»Nun hast du das erste Schuljahr geschafft, mein Kind und kannst dich…« Weiter kam die Mutter nicht, da lautes Bellen eine weitere Unterhaltung unmöglich machte.

»Ist ja gut, Brilli«, sagte Emma genervt. »Ich habe dich nicht vergessen.« Sie kniete sich zu dem Hund hinunter, der aufgeregt bellend an der Leine hin und her sprang. Sanft streichelte Emma Brilli über sein kurzes, weiß-braun geschecktes Fell. Dankbar leckte ihr Brilli freudig über das Gesicht.

»Brr, das ist eklig.« Emma wischte sich angewidert mit dem Handrücken über ihre Wangen.

»Sitz!«, befahl die Mutter. Gehorsam setzte sich Brilli und blickte die Mutter treuherzig an. Dabei hielt er den Kopf schief, spitzte die Ohren und ließ seine Zunge seitlich aus der Schnauze hängen.

»Oh, ist der Hund süß«, rief ein Drittklässler begeistert, der gerade das Schultor passierte. »Darf ich ihn einmal streicheln?«

»Vorsicht, der ist bissig!«, rief Emma. Schnell verschwand der Junge.

»Musst du andere immer ärgern?«, fragte die Mutter streng.

»Das macht mir eben Spaß«, antwortete Emma lässig und rannte zum Auto.

Brilli hechtete mit einem Sprung hinterher, so dass der Mutter nichts anderes übrig blieb, als auch zu rennen. Seufzend öffnete sie das Auto. Sie ließ Emma und Brilli einsteigen und fuhr los.

Als sie das Auto auf der Straße vor dem Wohnhaus der Familie parkte, kam Frederike, die Schwester von Emma, gerade vom Schulbus. Sie riss die Autotür auf und rief mit roten Wangen: »Hallo, Mutti! Ich habe wieder alles Einsen auf dem Zeugnis. Ich bin die Beste aller fünften Klassen der Schule.«

»Streberin«, murmelte Emma vor sich hin. Sie konnte keine Eins auf ihrem Zeugnis vorweisen. Lernen fand sie langweilig. Und als vor ein paar Monaten eine neue Lehrerin vor ihrer Klasse gestanden hatte, weil ihre Lieblingslehrerin Olivia Engel ein Baby bekommen hatte, wollte sie am liebsten gar nicht mehr in die Schule gehen.

»Ich gratuliere dir zum besten Zeugnis«, sagte die Mutter stolz und nahm Frederike in den Arm.

Emma tobte mit Brilli über das elterliche Grundstück. Sie hatte es nicht eilig, ihr Zeugnis zu zeigen.

Aber sie kam nicht drum herum. Als die Mutter die Vieren in Deutsch und Mathematik sah, zog sie die Stirn kraus und holte tief Luft.

»Geh sofort auf dein Zimmer«, sagte sie böse. »Dort bleibst du bis Vater von der Arbeit kommt.«

Emma schlich auf ihr Zimmer, gefolgt von Brilli. Frederike guckte ihr schadenfroh hinterher. Als Emma aus ihrem Sichtfeld verschwunden war, sagte sie: »Ich habe mich mit Timmi verabredet. Wir wollen Frau Engel besuchen. Bestimmt dürfen wir Leon wieder ausfahren.«

»Ja, ist gut«, willigte die Mutter ein, »und grüße Frau Engel von mir.«

Emma hatte das Gespräch mit angehört. Leise schloss sie ihre Kinderzimmertür. Schmollend setzte sie sich mit verschränkten Armen auf ihr Hochbett. Brilli legte sich auf die Fußmatte und blinzelte nach oben.

»Weißt du was«, sagte Emma nach einer Weile, »ich werde nicht hier in meinem Kinderzimmer hocken bleiben, sondern auch Frau Engel besuchen. Schließlich will ich endlich einmal den süßen Leon sehen.«

Drei Monate war das Baby von Olivia Engel nun schon alt. Emma hielt es vor Neugierde nicht mehr aus. Behutsam öffnete sie die Kinderzimmertür. Sie hörte die Mutter telefonieren.

Das war eine günstige Gelegenheit, um sich aus dem Haus zu schleichen.

»Du bleibst hier«, flüsterte sie Brilli zu. Aber Brilli hatte nicht vor, auf Emma zu hören und sprang schwanzwedelnd die Treppe hinunter. Er folgte Emma nach draußen.

»Also schön, dann kommst du eben mit.« Emma schloss vorsichtig das Gartentor und lief Richtung Wald. Der Weg durch den Wald zu ihrer Lehrerin Olivia Engel war zwar doppelt so weit wie entlang der Hauptstraße, aber sie wollte unterwegs nicht auf Frederike und Timmi treffen. Brilli schnüffelte erfreut an den Wildschweinkuhlen, die den Waldweg säumten und setzte überall seine Duftmarken ab.

Emma war in ihren Gedanken versunken. Sie dachte

an den Prinzen Michael, den Vater des kleinen Leon. Der Prinz hatte sein Baby auch noch nicht gesehen, da er in seiner Heimat, dem Zauberreich Salomè, lebte. Vor einem dreiviertel Jahr war Emma mit Olivia Engel, Frederike und Timmi durch das Zauberreich gereist, um den Kristall der Hoffnung zu finden. Prinz Michael hatte vor diesem aufregenden Ereignis einige Zeit in dem beschaulichen Dorf mit Olivia Engel zusammengelebt und war dann plötzlich verschwunden. Im Zauberreich trafen sie dann auf den Prinzen, der sie aber nicht mehr erkannte, weil er verzaubert worden war. Und als der böse Zauber von ihm abfiel, wollte er seine Heimat vorerst nicht wieder verlassen.

Gerade grübelte Emma darüber nach wie es wohl den Katern Trikas und Kasimir bei der alten Hexe Aurelia im Hexenschloss ergehen würde, als Brilli laut mit Bellen anfing und sich auf eine Katze stürzen wollte, die aussah, als ob sie aus zwei Hälften zusammengesetzt war. Die vordere Körperhälfte der Katze war schwarz und die hintere weiß- orange gestreift.

Emma traute ihren Augen nicht. Gerade hatte sie an Trikas, den jungen Kater aus dem Zauberreich, gedacht und plötzlich tauchte er vor ihren Augen auf. Sie brüllte: »Brilli, hierher!«

Aber Brilli war nicht zu stoppen, wenn eine Katze seinen Weg kreuzte. Er setzte zum Sprung an und landete genau dort, wo er die Katze sitzen gesehen hatte. Aber was war das? Seine Beute hatte sich in Luft aufgelöst. Brilli kläffte ängstlich.

Emma kam angerannt, ergriff Brilli unsanft an seinem Halsband und schnauzte ihn an: »Kannst du nicht hören, wenn ich dir etwas befehle? Jetzt hast du Trikas verschreckt.«

Brilli ließ den Kopf hängen, aber nur deshalb, weil er durch den festen Zug an seinem Halsband kaum noch Luft bekam.

»Trikas!«, rief Emma aufgeregt. »Du kannst wieder kommen. Ich halte meinen Hund fest.«

»Miau, habt ihr in euerm Land auch eine Hundepolizei?«, miaute es ängstlich hinter Emma. Sie drehte sich um. Trikas saß zitternd im grünen Gras. Er war ziemlich abgemagert.

Brilli wollte sich wieder auf Trikas stürzen, aber Emma hielt ihn diesmal gut fest.

»Wir haben bei uns keine Hundepolizei«, antwortete Emma lachend. »Das ist Brilli. Er lebt bei uns, damit ihn meine Mutter für eine Fernsehserie trainieren kann. Er kann einfach keine Katzen ausstehen. Aber sag einmal, wie kommst du hierher?«

»Fee Sardine hat es möglich gemacht, miau«, antwortete Trikas und senkte traurig den Kopf. »Bei uns im Zauberreich ist viel passiert, weißt du. Und wenn wir keine Hilfe bekommen, erfrieren und verhungern alle Lebewesen in Salomè.«

Emma ließ vor Entsetzen Brilli los, der sogleich zum Sprung ansetzte. Aber der Kater verschwand abermals vor seinen Augen.

»Trikas, wo bist du?« Emma suchte hastig die Umgebung ab. Sogar stachlige Sträucher und Farne bog sie auseinander. Nirgends konnte sie den Kater entdecken. Enttäuscht gab sie auf.

»Dankeschön, Brilli. Nun hast du Trikas endgültig

verjagt und ich erfahre nicht, was im Zauberreich Salomè Schlimmes passiert ist«, sagte sie vorwurfsvoll zu Brilli, der Emma aber nur verständnislos anschaute, um sich dann wieder den Wildschweinkuhlen zu widmen.

Seufzend setzte Emma den Weg fort. Sie grübelte angestrengt darüber nach, was Trikas ihr hatte sagen wollen. Im Zauberreich Salomè war immer Sommer und dort wuchsen die herrlichsten Früchte. Wieso sollten die Lebewesen plötzlich erfrieren und verhungern müssen?

Ohne eine Antwort gefunden zu haben, stand sie endlich vor dem Haus, in dem Olivia Engel mit ihrem Baby zur Untermiete wohnte.

Sie drückte aufgeregt auf den Klingelknopf. Als Olivia die Wohnungstür öffnete, sah Emma sofort, dass sie geweint hatte. Frederike machte große Augen, als Emma mit Brilli die Wohnstube betrat. Sie saß mit Timmi auf der Ledercouch. Timmi wischte sich verstohlen die Tränen vom Gesicht.

»Emma, hat Mutter es dir erlaubt, hierher zu kommen?«, fragte Frederike erstaunt.

»Ja, hat sie«, log Emma. Dann wandte sie sich schnell an Olivia: »Darf ich den kleinen Leon sehen?«

»Er schläft noch«, antwortete Olivia leise. »Setz dich bitte. Wie sieht denn dein Zeugnis aus?«

Emmas Gesicht begann zu glühen. Statt auf die Frage zu antworten, nahm sie die Schneekugel vom Wohnzimmertisch und wollte sie schütteln. Aber sie fiel ihr fast aus der Hand, denn sie war eiskalt, da die Flüssigkeit im Innern der Glaskugel gefroren war. Entsetzt stellte sie die Schneekugel, die ein Abschiedsgeschenk von den weisen

Trollen aus dem Zauberreich Salomè war, wieder auf den Tisch und schaute Olivia ängstlich an.

»Ich habe traurige Nachrichten erhalten«, erklärte Olivia mit belegter Stimme. »Vor ein paar Tagen bemerkte ich, dass die Flüssigkeit im Innern der Schneekugel auf einmal gefroren war. Ich wusste gleich, dass kann nichts Gutes bedeuten. In der letzten Nacht erschien mir die Fee Sardine im Traum und sagte mir, dass im Zauberreich Salomé eine Eiszeit ausgebrochen ist. Alle Lebewesen frieren und hungern. Und heute morgen…« Olivia begann zu schluchzen.

»Was war heute morgen?«, fragte Emma mit hochrotem Gesicht. Sie hielt es vor Neugierde kaum aus.

»Dem Prinzen Michael ist etwas zugestoßen«, antwortete Timmi leise, weil Olivia sich die Nase schnäuzen musste.

»Aber woher wissen Sie das?«, fragte Emma betroffen.

»Du erinnerst dich bestimmt noch, dass mir der Prinz zum Abschied diesen Ring hier geschenkt hat.« Olivia zeigte Emma den goldenen Ring mit einem grauen, herzförmigen Stein an ihrem Finger. »Heute morgen erlosch die lodernde Flamme in dem roten Stein und er verfärbte sich grau.«

»Was soviel bedeutet, dass Prinz Michael wahrscheinlich nicht mehr am Leben ist«, hauchte Frederike.

»Das ist ja schrecklich. Was machen wir denn jetzt?«, fragte Emma mit zuckenden Mundwinkeln. »Wir können unsere Freunde im Zauberreich doch nicht in Stich lassen.«

»Hast du Witzbold eine Idee wie wir ins Zauberreich kommen?«, fragte Frederike schnippisch.

»Dieses Mal müssten wir uns warm einpacken, damit wir nicht als Eiszapfen enden«, meinte Timmi nachdenklich.

Lautes Babygeschrei unterbrach die Unterhaltung.

»Ihr entschuldigt mich bitte«, sagte Olivia und ging ins Schlafzimmer. Aufgeregt rief sie: »Kinder, kommt schnell her!«

Die drei stürzten in das Schlafzimmer und trauten ihren Augen nicht. Olivia hatte den kleinen schwarzhaarigen Leon, den sie beruhigt hatte, auf ihrem Arm. Im Kinderbettchen thronte Trikas. Emma konnte gerade noch hinter sich die Tür schließen, denn Brilli wollte sich angriffslustig auf den Kater stürzen.

Emma war nicht ganz so überrascht wie Frederike und Timmi. Sie starrten Trikas nur an und bekamen kein Wort heraus.

»Trikas, da bist du ja wieder«, rief Emma erfreut. »Ich dachte schon, Brilli hat dich ganz verjagt. Welche Botschaft hat dir Fee Sardine für uns mitgegeben?«

Bevor der Kater antworten konnte, mischte sich Olivia ein: »Moment mal, heißt das etwa, du hast mit Trikas schon gesprochen?«

»Ja, ich traf ihn auf dem Weg hierher«, antwortete Emma.

»Ich ahne«, sagte Olivia und streichelte Leon andächtig über die Löckchen, »dass wir bald wissen werden wie wir ein drittes Mal in das Zauberreich kommen.«

»Ja, richtig«, maunzte Trikas. »Fee Sardine schickt euch den Riesenvogel Goldfeder, denn er kennt ja den Weg in eure Welt. Sofort hat er sich bereit erklärt, die Strapaze des Fluges auf sich zu nehmen. Er lässt bestellen, dass er eine Wagenladung Mäuse fressen möchte, wenn er hier ankommt. Sonst schafft er den Rückflug nicht.«

»Wo sollen wir denn die ganzen Mäuse hernehmen?«, fragte Frederike entsetzt und schüttelte sich.

»Meine Eltern lassen mich bestimmt nicht so einfach ins Zauberreich reisen«, meinte Timmi und zog die Stirn kraus.

»Unsere Eltern erst recht nicht«, stimmte Frederike zu. Aber ihre Freunde im Zauberreich wollte sie auf keinen Fall in Stich lassen, auch wenn ihr die Angst jetzt schon die Kehle zuschnürte.

»Ich hasse Winter und frieren«, sagte Emma und rieb sich die Oberarme. »Wir müssen unsere Eltern austricksen.«

»Niemals würde euch die Fee Sardine um Hilfe bitten, wenn sie allein das Böse besiegen könnte«, maunzte Trikas betrübt. »Aber die Eiszeit, die die Eisfee Undine heraufbeschworen hat, kann nur von einem Kind beendet werden, das aus einem Land kommt, wo es Winter gibt.«

»Ich werde die Reise auf mich nehmen«, sagte Olivia bestimmt. »Ich muss wissen, was mit Prinz Michael passiert ist. Aber wo soll mein Baby bleiben?«

»Du nimmst es einfach mit ins Zauberreich«, antwortete Trikas. »Fee Sardine kümmert sich bestimmt um dein Baby, während du das kalte, unwirtliche Zauberreich durchquerst.«

Olivia bekam eine Gänsehaut am ganzen Körper. Aber sie konnte nicht kneifen. Das Zauberreich war ihr zur zweiten Heimat geworden.

»Wann trifft Goldfeder ein?«, fragte sie deshalb.

»Achte auf die Schneekugel. Wenn sie zerspringt, landet Goldfeder auf dem Sportplatz. Es wird mitten in Nacht sein, damit die Leute nichts merken.«

»Na, da werden meine nächsten Nächte nicht gerade ruhevoll werden«, seufzte Olivia.

Plötzlich verschwand Trikas.

»Ich glaube, Kinder, ihr geht jetzt besser nach Hause und dort bleibt ihr auch. Ich fliege allein ins Zauberreich. Sicher kann auch eine Erwachsene die Eiszeit beenden. Und bitte, erzählt niemandem von den geheimnisvollen Ereignissen. Die Leute haben genug Probleme in ihrem Leben.«

Die drei Kinder verabschiedeten sich schweigend von Olivia und streichelten Leon zärtlich über den Kopf. Brilli bellte laut und rannte mit hoch erhobener Rute die Treppe hinunter.

Nachdenklich folgten die Kinder. In ihren Köpfen hämmerte es. Timmi und Frederike wollten unbedingt mit ins Zauberreich fliegen, auch wenn es sehr gefährlich werden würde. Aber sie hatten die liebenswerten Trolle aus Trollhausen in ihr Herz geschlossen. Jedoch würden die Eltern ihnen eine nochmalige Reise ins Zauberreich gewiss verbieten. Zweimal hatten die Eltern schon darum bangen müssen, ob sie ihre Kinder gesund wieder sehen würden.

Emma war sich nicht sicher, ob sie sich der Kälte aussetzen sollte. Sie wollte in den Ferien eigentlich lieber im hauseigenen Pool herumplanschen und jeden Tag ganz lange ausschlafen.

Unruhige Nächte

»Mensch, dass im Zauberreich Salomè eine Eiszeit ausgebrochen ist, kann ich mir gar nicht vorstellen«, sagte Timmi die Stirn runzelnd als sie unten vor der Haustür standen. »Die armen Trolle in Trollhausen werden in ihren Häusern bibbern, denn einen Kamin zum Heizen haben sie bisher ja nicht gebraucht.«

»Wie es wohl der Prinzessin Alina und dem Prinzen Christian mit ihrem Baby in Glücksstadt bei der Kälte geht? Und hat die Prinzessin einen Jungen oder ein Mädchen bekommen?«, fragte Frederike nachdenklich.

»Woher sollen wir denn das wissen?«, entgegnete Emma schnippisch. »Wir können nicht hellsehen.«

»Du nervst mich«, rief Frederike gereizt. »Komm, wir müssen jetzt nach Hause. Und verplappere dich ja nicht beim Abendbrot. Tschüss, Timmi.«

Emma verdrehte die Augen und folgte Frederike widerwillig. Vor einem dreiviertel Jahr hatten sich die Schwestern im Zauberreich auf Grund der bestandenen Abenteuer schätzen gelernt, aber zu Hause angekommen, fing schnell der geschwisterliche Machtkampf zwischen ihnen wieder an.

»Ja, tschüss«, rief Timmi im Gehen. »Ich werde wohl demnächst schlecht schlafen können.«

Die letzten Worte Timmis gingen in Brillis Gebelle unter. Er hatte nämlich auf der anderen Straßenseite eine herumstreunende Katze entdeckt.

Die Mutter von Frederike und Emma empfing ihre Kinder mit verschränkten Armen am Gartentor. »Da seid ihr ja endlich. Und du, mein liebes Fräulein, gehst sofort in die Wohnstube. Dort wartet dein Vater auf dich.« Die Mutter schaute Emma böse an.

Emma atmete tief ein, bevor sie die Wohnstube betrat. Auf dem Stubentisch lag ihr Zeugnis.

»Setz dich«, sagte der Vater streng.

Emma nahm mit gesenktem Kopf auf der Couch Platz. Aber sie tat nur so zerknirscht. Natürlich hatte sie eine Standpauke erwartet. Sie hatte aber schon viele über sich ergehen lassen müssen.

»Wir haben immer viel Geduld mit dir gehabt, aber so geht das nicht weiter«, sagte der Vater barsch. »Schlimm genug, dass du zum Lernen keine Lust hast und am Ende der ersten Klasse so ein schlechtes Zeugnis vorweist. Aber du hörst einfach nicht auf uns und machst ständig, was du willst. Damit ist jetzt Schluss.« Der Vater machte eine Pause und Emma guckte erschrocken auf. Was hatten ihre Eltern mit ihr vor?

»Deine Mutter und ich haben heute Nachmittag beschlossen, dass du nach den Sommerferien ein Internat besuchen wirst«, fuhr der Vater fort.

Emma sprang mit rot glühenden Ohren auf und schrie: »Niemals gehe ich in ein Internat!«

»Doch, das wirst du! Und keine Widerrede!«, rief der Vater ungehalten. »Nächste Woche schauen wir uns ein sehr schönes Internat ganz in der Nähe an.«

Wie eine Furie stürzte Emma aus dem Wohnzimmer heraus und rannte die Treppe hoch. In ihrem Kinderzimmer schmiss sie sich auf ihr Bett und schluchzte.

Dass ihre Eltern sie einfach in ein Internat abschieben wollten, hätte sie nicht gedacht. Aber dann fasste sie einen Plan. Sie hörte mit dem Weinen auf und murmelte: »Nicht mit mir! Lieber erfriere ich in Salomé als in einem Internat zu versauern.«

Sogleich suchte sie nach ihrem Rucksack. Als sie ihn in ihrer Unordnung endlich gefunden hatte, begann sie ihn wahllos mit Wintersachen voll zu stopfen, die sie wütend aus ihrem Kleiderschrank riss. Dabei schoss ihr ständig der Gedanke durch den Kopf wie sie es anstellen sollte, Goldfeder nicht zu verpassen. Sie konnte doch nicht jede Nacht wachbleiben. Plötzlich hörte sie ein Rascheln unter ihrem Bett. Mit einem mulmigen Gefühl schaute sie nach. Zwischen großen und kleinen Staubflusen lag eine goldene Feder. Behutsam zog sie mit klopfendem Herzen die Feder hervor. Die Feder war etwa dreißig Zentimeter lang. An ihrem Ende hing eine kleine goldene Glocke. Gebannt schaute Emma auf die Feder. Sie schüttelte sie hin und her, aber die Glocke gab keinen Klang von sich.

Da vernahm sie in ihrem Kopf die Stimme der Fee Sardine: »Die Glocke erklingt, wenn Goldfeder auf dem Sportplatz landet. Du kannst dann entscheiden, ob du dich der gefährlichen Reise in die Kälte aussetzen willst.«

»Na klar will ich«, sagte Emma ehrfurchtsvoll. Ob die Fee Sardine wohl wusste, dass sie nur nach Salomè reisen wollte, um dem Internat zu entfliehen?

Emma konnte sich denken, dass sie darauf keine Antwort erhalten würde und packte noch ihre dickste Winterjacke auf ihren Rucksack. Den prallen Rucksack versteckte sie in ihrem Kleiderschrank. Dann legte sie sich, erschöpft von den Ereignissen des Tages, auf ihr Bett und dämmerte weg. Dass auch Frederike und Timmi von der Fee Sardine eine solche goldene Feder erhalten hatten, ahnte sie nicht.

In den nächsten Nächten wälzten sich Emma, Frederike und Timmi unruhig hin uns her. Keiner wollte die Glocke überhören. Aber auch das schlechte Gewissen plagte sie. Natürlich hatte keiner die Eltern eingeweiht und auch untereinander hatten sie Stillschweigen bewahrt.

Und ihnen war klar, dass die Reise durch das eiskalte Zauberreich gefährlich werden würde. Die Rucksäcke standen trotzdem griffbereit in ihren Kleiderschränken. Aus Frederikes Rucksack guckte Susi, eine vierzig Zentimeter große Trollpuppe aus Stoff heraus. Sie war Frederike auf den zwei Reisen durch das Zauberreich Salomé eine treue Freundin und Helferin gewesen, denn im Zauberreich erwacht die vorwitzige Trollpuppe mit den lila Haaren, die zu einem Hahnenkamm hochgekämmt waren, zum Leben.

In der dritten Nacht war es endlich soweit. Die Glocken an den Federn läuteten. Emma, Frederike und Timmi waren sofort hellwach. Brilli, der bei Emma vor dem Bett schlief, spitzte die Ohren.

»Sei ja ruhig«, flüsterte Emma aufgeregt und hielt Brilli vorsichtshalber die Schnauze zu.

Brilli verfolgte mit seinen schwarzen Knopfaugen jede Bewegung von Emma. Als sie leise die Kinderzimmertür öffnete, war Brilli mit einem Sprung bei ihr.

»Leg dich sofort wieder hin«, flüsterte Emma und wollte Brilli zurück ins Kinderzimmer schieben. Aber Brilli schlüpfte durch ihre Beine und rannte geschwind die Treppe hinunter. Emma schlich seufzend hinterher. Als sie die Haustür öffnen wollte, stand Frederike mit roten Wangen und ihrem prall gefüllten Rucksack plötzlich hinter ihr.

»Was machst du denn hier mitten in der Nacht?«, zischelte Frederike.

»Dasselbe könnte ich dich fragen«, flüsterte Emma ungehalten und öffnete die Haustür. Sie wollte jetzt so schnell wie möglich das Haus verlassen. Nachher wurden ihre Eltern noch wach. Und dann war es aus mit einer Reise ins Zauberreich Salomè.

Emma schlüpfte durch die Tür, gefolgt von ihrer grimmig guckenden Schwester. Brilli sprang voraus.

»Du willst hoffentlich nicht den Köter mit nach Salomé nehmen?«, fragte Frederike unfreundlich, denn Emma hatte bereits die Klinke des Gatentores in der Hand.

»Was soll ich denn machen? Sollen Mutter und Vater von seinem Gebelle geweckt werden, wenn ich ihn hier lasse?«

»Ich könnte dich am liebsten samt dem Köter zum Mond schießen!«, ereiferte sich Frederike.

»Versuchs doch!« Emma lief schnellen Schrittes durch das Wohngebiet. Zum Glück war Vollmond, denn an eine Taschenlampe hatte keine der Schwestern gedacht. Zum Sportplatz der Schule waren es zu Fuß nur ein paar Minuten. Schon von Weitem sahen Emma und Frederike Goldfeders buntes Gefieder im fahlen Mondlicht leuchten. Zwei Schatten huschten um den riesigen Vogelkörper herum.

Es waren Olivia Engel und Timmi, die Goldfeder mit Mäusen fütterten. Olivia hatte sie in dem Handwagen ihrer Vermieterin herangekarrt. Die Mäuse hatte sie aus einer Tierhandlung besorgt.

»Was macht ihr denn hier?«, fragte Olivia außer sich, als die Schwestern atemlos mit Brilli vor ihr standen.

»Wir reisen natürlich mit nach Salomè«, antwortete Emma selbstbewusst und schnappte nach Luft.

»Wissen eure Eltern Bescheid?«, fragte Olivia und sah die Mädchen prüfend an.

»Ja«, antwortete Emma schnell. »Meine Mutter hat sogar gewünscht, dass Brilli zu unserem Schutz mitkommt.«

»Stimmt das auch?«, fragte Olivia Frederike.

»Hm, das stimmt«, antwortete Frederike leise mit gesenktem Kopf.

Olivia ahnte wohl, dass sie von Emma und Frederike belogen wurde. Die Eltern der Schwestern hätten ihre Kinder bestimmt nicht mitten in der Nacht allein aus dem Haus gelassen, damit sie mit Goldfeder ins Ungewisse fliegen können. Timmi hatte ihr gleich gestanden, dass er sich heimlich aus dem Haus geschlichen hatte. Aber er hatte Olivia angedroht, das ganze Dorf zusammen zu schreien, wenn sie ihn nicht mitreisen lassen würde. Und Emma und Frederike sahen so entschlossen aus, dass Olivia nicht weiter nachbohrte.

Auf Goldfeders breitem goldenen Rücken war eine bequeme Kabine befestigt. Eine Strickleiter führte zu ihr.

»Wo ist denn Leon?«, fragte Frederike und blickte angewidert in den Handwagen, in dem noch einige Mäuse lagen.

»Leon schläft oben in der Kabine«, antwortete Olivia und reichte Goldfeder die letzten Mäuse, die er hungrig verschlang.

Emma, die dem Riesenvogel über sein farbenprächtiges Gefieder strich, stellte besorgt fest: »Goldfeder sieht ziemlich abgemagert aus. Hoffentlich hat er genug Kraft, um uns heil ins Zauberreich zu bringen.«

»Er hat ja jetzt eine Menge Mäuse gefressen«, sagte Timmi. Aber auch er fragte sich, ob der ausgemergelte Goldfeder die lange Reise zurück schaffen würde.

»Kommt, Kinder, es geht los«, rief Olivia aufgeregt und kletterte die Stickleiter hinauf.

Kaum saßen alle in der Kabine, spreizte Goldfeder seine mächtigen Flügel und hob ab. Die drei Kinder kuschelten sich in die weichen Decken ein, die auf den Sitzbänken gelegen hatten. Olivia streichelte Leon, der in seiner Babywippe lag, zärtlich über sein Gesicht. Dabei dachte sie an ihren geliebten Prinz Michael.

Nach einer Weile waren die Fluggäste eingeschlafen. Goldfeder flog ruhig über den Wolken Richtung Salomè. Plötzlich pfiff ein starker Wind um die Kabine. Der Riesenvogel wurde hin und her geschüttelt.

»Aufwachen, ihr Schlafmützen!« Susi wedelte aufgeregt mit ihren Stoffarmen. Sie ahnte, dass Gefahr im Anzug war. Da sie wieder lebendig war, wusste sie, dass sie sich schon im Zauberreich Salomé befanden. Endlich erlebe ich wieder spannende Abenteuer, dachte sie begeistert.

Die Kinder schlugen gähnend die Augen auf. Aber mit einem Mal waren sie hellwach, denn Goldfeder trudelte unaufhaltsam nach unten.

»Ich kann nicht mehr«, krächzte Goldfeder mit schwacher Stimme.

Olivia nahm mit bleichem Gesicht den schlafenden Leon aus der Babywippe und drückte ihn an sich.

Emma, Frederike und Timmi hielten sich krampfhaft an ihren Sitzen fest. Brilli hatte sich unter Emmas Sitz verkrochen und winselte. Er hatte noch nicht bemerkt, dass er wie alle Tiere im Zauberreich sprechen konnte.

Goldfeder flatterte hilflos mit den Flügeln und plumpste dann wie ein Stein zu Boden.

»Ist jemand verletzt?«, fragte Olivia besorgt nach der unsanften Landung. Behutsam legte sie Leon wieder in die Babywippe. »Also mir geht es gut«, meinte Susi und schüttelte sich. »Ein Glück, dass ich nicht frieren kann. Sieht ziemlich ungemütlich da draußen aus.«

»Ist ja auch eine Eiszeit in Salomè ausgebrochen, du Dummerchen«, sagte Timmi belehrend und bewegte dabei alle seine Gelenke. »Alles heil geblieben«, verkündete er dann und stand auf.

Auch Emma und Frederike erhoben sich. Emmas Körper überzog eine Gänsehaut. Aber sie wusste nicht, ob ihr die Haare vor Angst oder vor der Kälte zu Berge standen.

Frederike hatte ziemliches Halsdrücken. Am liebsten würde sie sich zurück in ihr weiches, warmes Bett wünschen. Jetzt merkte sie, auf welches waghalsiges Abenteuer sie sich eingelassen hatte.

Viel Zeit zum Nachdenken hatte sie jedoch nicht, denn Olivia, die die Babywippe mit dem dick eingepackten Leon in der Hand hielt, kletterte schon die Strickleiter hinunter.

Timmi stieg als Nächster hinab. Frederike zog noch schnell ihre Fellhandschuhe an und setzte ihre Mütze auf. Schließlich ergriff sie mit einem Seufzer die Strickleiter.

»Brilli, komm jetzt davor!«, rief Emma genervt, denn der junge Mischlingshund hatte sich in der äußersten Ecke der Kabine verkrochen.

»Wau, wau, ich will in mein kuscheliges Hundekörbchen«, winselte Brilli. Aber plötzlich stand er mit eingezogenem Schwanz vor Emma: »Ich kann ja menschisch, wau, wau? Träume ich etwa?«

»Nein, du träumst nicht. Hier in Salomé sprechen alle Tiere«, antwortete Emma gereizt. »Und plappere mir nun ja nicht andauernd die Ohren voll, nur weil du jetzt überall deinen Senf dazu geben kannst.«

Emma stieg mit wackligen Beinen die Strickleiter hinunter. Brilli bahnte sich seinen Weg durch die dichten Federn des Riesenvogels nach unten, denn die Strickleiter war ihm nicht geheuer.

Olivia streichelte Goldfeder über den Kopf. Er schlug seine dunklen Augen auf, aus denen aller Glanz verschwunden war.

»Ich muss mich für immer verabschieden«, krächzte er matt. »Meine Kräfte sind am Ende. Zum Glück konnte ich meine Mission, euch ins Zauberreich zu bringen, noch erfüllen. Nur bis nach Trollhausen habe ich es nicht geschafft.«

»Ach, das macht nichts«, sagte Olivia mitfühlend. »Wir finden schon den Weg. Fee Sardine wird uns schon beistehen.«

»Oh, ihr wisst es noch nicht«, krächzte Goldfeder leise. »Fee Sardine ist…« Weiter kam er nicht. Seine Augen fielen zu. Noch einmal atmete Goldfeder aus, dann rührte sich der Riesenvogel nicht mehr.

Sorge um Emma

»Was ist mit der Fee Sardine?«, fragte Olivia erschrocken. Aber Goldfeder blieb stumm.

»Ist Goldfeder etwa tot?«, fragte Emma mit gebrochener Stimme.

»Ja«, antwortete Olivia betroffen und senkte ihren Kopf. Das fängt ja gut an, dachte sie entmutigt.

»Mann oh Mann«, sagte Timmi zähneklappernd, »jetzt stehen wir hier mutterseelenallein in dieser Kälte und wissen nicht wohin. Habt ihr euch schon einmal umgeschaut?«

Olivia, Frederike und Emma blickten sich mit einem mulmigen Gefühl um. Sie waren mitten im verschneiten Niemandsland gelandet. Egal in welche Richtung sie schauten, überall sahen sie das gleiche Bild: eine geschlossene Schneedecke. Ab und zu erhoben sich ein paar zugeschneite Baumgruuppen gespenstisch aus der Schneelandschaft hervor. Der Himmel war grau verhangen.

»Ich habe Angst«, wisperte Emma und schlang ihre Arme um ihren Körper.

»Mach dir bloß nicht in die Hose«, giftete Frederike ihre Schwester mit gepresster Stimme an. »Du wolltest dich mit der Reise ins Zauberland doch nur vor dem Internat drücken.« Der Kloß in ihrem Hals nahm ihr fast die Luft zum Atmen.

»Wir müssen irgendwie nach Trollhausen kommen«, hauchte Olivia. »Hoffentlich ist Fee Sardine nichts Schlimmes zugestoßen. Habt ihr euch warm angezogen?«

Die Kinder nickten stumm. Nur ihr Gesicht guckte aus ihrer Wntermontur heraus.

»Also ich muss mich nicht wie eine Mumie verkleiden«, rief Susi freudig aus Frederikes Rucksack und wedelte mit ihren bloßen Stoffarmen.

»Du behältst die Gegend schön im Auge«, forderte Olivia die aufgekratzte Trollpuppe auf. »Wir wollen keine unliebsame Überraschung erleben.«

»Mich gibt es auch noch, wau, wau«, mischte sich Brilli ein. »Ich habe eine fantastische Nase und kann jede Gefahr wittern.«

»Prima«, sagte Olivia, »eine Supernase ist immer nützlich.«

»Goldfeder tut mir so Leid«, sagte Emma und streichelte behutsam über die glanzlosen Federn der Flügel. »Ich war dabei gewesen als sich der böse Zauberer Goldhand in diesen gutmütigen Riesenvogel verwandelt hatte.«

»Ja, es ist unendlich traurig, dass Goldfeder nicht überlebt hat«, hauchte Olivia und nahm Emma tröstend in den Arm. »Weißt du was? Du nimmst dir ein paar goldene Federn als Andenken mit.«

»Oh ja, das mache ich«, rief Emma und zupfte sich sogleich einige Federn aus Goldfeders Gefieder. Die Federn verstaute sie in ihrem Rucksack.

»Welche Richtung schlagen wir ein, Frau Engel?«, fragte Timmi und blickte sich fröstelnd um.

»Wenn ich ehrlich bin, weiß ich es nicht«, antwortete Olivia kleinlaut.

»Meine Nase sagte mir, hier lang, wau, wau.« Brilli setzte sich in Gang.

»Kommt, Kinder, wir folgen Brilli!« Olivia nahm behutsam die Babywippe auf. Leon schlief mit roten Bäckchen immer noch ganz fest.

Zum Glück lag nur eine dünne Schneedecke in der weißen Einöde. Die Sonne hatte sich einen Weg durch den grauen Himmel gebahnt und färbte ihn in ein oranges Licht. Die weißen Schneekristalle begannen farbenfroh zu glitzern.

Als sie eine ganze Weile schweigsam im Gänsemarsch gelaufen waren, tauchte vor ihnen ein verschneiter Wald auf, durch den sich ein kleiner Pfad zu schlängelte.

»Sieht nicht gerade einladend aus«, sagte Frederike und schaute ängstlich in den trostlosen Wald mit den schneebedeckten bizarren Baumskeletten.

»Wir müssen aber dadurch«, sagte Olivia bestimmt. »Es gibt keine andere Möglichkeit. Wir müssen uns einen Unterschlupf suchen. Leon wird bald aufwachen und dann braucht er sein Fläschchen. Und er muss gewindelt werden.«

»Ich habe auch Hunger«, sagte Timmi und rieb sich seinen leeren Bauch.

»Wau, ich werde tapfer voran gehen«, bellte Brilli und trabte mit eingezogenem Schwanz los. In Wahrheit hatte er Angst und wollte deshalb nicht das Schlusslicht sein. So trottete Emma als Letzte hinterher. Sie war schon sehr müde. Und der Rucksack, den sie bis oben voll gestopft hatte, drückte wie eine Zentnerlast auf ihrem Rücken.

Sie wurde immer langsamer. Vor ihr lief Olivia, die immer wieder besorgt zu Leon schaute, der sich schon ein paar Mal geregt hatte. Frederike, die Susi im Arm hatte, folgte Brilli unverdrossen. Timmi konnte kaum Schritt halten.

Der Abstand zwischen Emma und ihren Reisegefährten wurde immer größer. Sie wollte rufen, aber sie bekam keinen Laut über ihre Lippen. Ihr wurde schwindlig. Sie fiel rücklings mit einem Seufzer in einen Dornenbusch. Einige der Dornen zerkratzten ihr das Gesicht. Aber sie bemerkte es nicht. Auch bemerkte sie nicht, was mit ihr geschah.

»Da, da, ich sehe ein Schloss!«, rief Susi plötzlich aufgeregt. Dabei lachte sie vor Freude, so dass ihre Mundwinkel fast von einem ihrer spitzen Ohren bis zum anderen reichten.

»Endlich haben wir eine Bleibe gefunden«, sagte Olivia erleichtert, denn Leon quengelte herum.

»Hoffentlich sind uns die Bewohner auch friedlich gesonnen«, brubbelte Timmi vor sich hin.

Bald hatten sie die Schlossmauer erreicht. Sie war zum Teil eingestürzt, so dass sie geradewegs den Schlosshof betreten konnten.

»Wisst ihr, wem das Schloss gehört?«, fragte Susi mit wichtiger Miene.

»Ja, du Schlaumeier, wir haben es erraten. Es ist das Schloss von der Hexe Aurelia. Zum Glück hat sich die Hexe bei unserem letzten Besuch im Zauberreich wieder zum lieben, alten Mütterchen verwandelt, sonst würde ich keinen Fuß in das Schloss setzen«, sagte Frederike. Mulmig war es ihr aber trotzdem. Schließlich konnte ja einiges seit ihrer Abreise vor ein paar Monaten passiert sein.

Brilli lief aufgeregt um die Reisegefährten herum. »Wo ist denn meine Emma abgeblieben, wau, wau?«

Erschrocken drehten sich Olivia, Frederike und Timmi um. »Emma, wo bist du?«, rief Olivia entsetzt. Nun war Leon hellwach geworden und brüllte aus Leibeskräften.

»Timmi und ich werden mit Brilli den Weg zurücklaufen«, schlug Frederike vor, die ganz weiche Knien bekommen hatte. »Sie gehen mit Leon besser schon ins Schloss. Und nehmen Sie Susi noch mit. Vier Augen sehen mehr als zwei.«

»Genau«, pflichtete Susi bei und klimperte dabei aufgeregt mit ihren blauen Kulleraugen. »Auf mich ist immer Verlass.«

»Aber passt auf euch auf«, ermahnte Olivia die zwei Kinder. Sie lief flugs mit dem schreienden Leon zum Schlosseingang. Susi, die nun mit in der Babywippe saß, hielt sich die Ohren zu.

Frederike schmiss ihren Rucksack in den Schnee und rief: »Los, Brilli, suche Emma!«

Brilli lief unermüdlich schnüffelnd den Weg zurück. Zielstrebig machte er vor dem Dornenbusch halt, in den Emma gefallen war. »Hier war Emma zuletzt, wau, wau.«

»Aber wo ist sie denn abgeblieben?« Frederike schaute sich ängstlich um. Sie spürte den Druck in ihrem Hals, der sich wie eine Eisenklammer anfühlte. Sie schnappte nach Luft.

»Brilli hat einfach keine Spürnase«, rief Timmi. »Komm, wir suchen weiter. Sie kann sich doch nicht in Luft aufgelöst haben.«

»Wau, das sagst du Milchgesicht nicht noch einmal zu mir.« Brilli schnappte sich Timmis Hosenbein.

»Spinnst du?« Frederike riss Brilli von Timmis Hosenbein los. Timmi gab Brilli einen Tritt ins Hinterteil. Als sich Brilli knurrend wieder auf Timmi stürzen wollte, stellte sich Frederike dazwischen. »Aus, Brilli, sonst kannst du zu Hause etwas erleben. Dann wird dich meine Mutter so hart trainieren, dass du dir wünscht, du wärst nie geboren.«

»Falls wir nach Hause kommen«, knurrte Brilli leise und nahm sich vor, sich an Timmi und Frederike zu rächen. Beleidigt lief er in Richtung Schloss zurück.

Frederike und Timmi rannten keuchend bis zum Waldrand. Von Emma sahen sie weit und breit nichts. Besorgt schauten sie über die glitzernde, weiße Ebene. Aber Emma blieb spurlos verschwunden.

Timmi räusperte sich. »Äh, ich habe den Verdacht, Emma ist Opfer einer üblen Zauberei geworden. Wir hätten doch sonst irgendwelche verräterische Fußspuren im Schnee finden müssen.«

»Sie musste ja unbedingt mit dem Köter mitkommen. Ich habe gewusst, dass uns die beiden Ärger machen würden«, rief Frederike aufgebracht. Aber in ihrem Herzen war sie sehr besorgt um Emma und hoffte inbrünstig, dass ihr nichts Schlimmes passiert war.

Emma rieb sich die Augen. Träumte sie? Sie saß in einem blauen Ohrensessel. Sie fröstelte und das lag nicht nur an der Kälte in dem gemütlich eingerichteten Zimmer mit dem Himmelbett in der Mitte. Ihr war klar, dass sie durch einen Zauber hierher gekommen sein musste. Sie stand mit steif gefrorenen Gliedern auf und wollte aus dem Fenster schauen. Aber über die große Fensterscheibe verteilten sich dicht an dicht prächtige Eisblumen in allen möglichen Größen und Formen. Durch dieses eisige

Pflanzengewirr war ein Hinaussehen unmöglich. Emma schob unter Stöhnen den blauen Ohrensessel unter die Fensterbank und kletterte hinauf, um einen der Fensterflügel zu öffnen.

Plötzlich wurde die Tür aufgerissen. Ein eisiger Wind fegte durch den Raum und eine schöne Frau mit langen, schwarzen Haaren und einem hellblauen Kleid, welches mit weißen Schneekristallen übersät war, stand vor Emma.

»Was treibst du da?«, fragte die Frau mit angewinkelten Armen. »Ist das der Dank, dass ich dich vor dem Erfrieren gerettet habe?«

»Ich, ich wollte doch nur ein Fenster aufmachen, damit ich sehen kann, wo ich bin«, stotterte Emma erschrocken. Verwundert schaute Emma die Frau an, die genauso aussah wie die Fee Sardine, nur dass die lange, golden glänzende Haare hatte.

»Neugierige Kinder sind mir ein Graus«, rief die Frau böse. »So, du Naseweis, rücke jetzt sofort die goldenen Federn heraus, die du von Goldfeder hast.«

Emma begann trotz der Kälte zu schwitzen. Wer war die unfreundliche Frau mit den kalten, blauen Augen? Und was wollte sie mit den Federn von Goldfeder anfangen? Nervös sprang sie von dem Ohrensessel hinunter und holte mit zitternden Fingern die zusammengedrückten Federn aus dem Rucksack hervor.

»Na endlich«, schrie die Frau ganz aufgeregt. »Komm jetzt! Ich darf die Federn nicht anfassen, sonst verlieren sie ihre Kraft. Nur deshalb brauche ich dich. Und versuche nicht zu fliehen. Du würdest nicht sehr weit kommen. Ich bin die Eisfee Undine. Ein Hauch von mir genügt und du wirst zu einem Eisblock.« Zum Beweis ihrer Macht hauchte sie die verwelkten Blumen an, die auf dem Tisch standen. Sofort wurden sie zu Eis und zersprangen in viele kleine Eiskristalle. Eisfee Undine ließ ein schrilles Lachen ertönen, welches Emma durch Mark und Knochen fuhr.

Anschließend verließ die Eisfee hoheitsvoll das Zimmer. Emma folgte ihr mit einem Stechen in der Magengrube. Als sie sich auf dem Gang umschaute, wusste sie, dass sie sich im Schloss von Fee Sardine befand. Sie hatte vor ein paar Monaten mit ihren Freunden die Nacht vor der Abreise hier verbracht.

Die Eisfee brachte Emma in den Keller des Feenschlosses. Dort floss die heilige Quelle von Trollhausen. Aber in Folge der Eiszeit war sie zufroren. Das sollte sich nun ändern.

Der Kellertreppe war spiegelglatt. Emma hielt sich krampfhaft am wackligen Geländer fest. Der Eisfee schien die Glätte nichts auszumachen. Beschwingt rannte sie die Treppe hinunter.

»Na, mach schon, Naseweis«, rief die Eisfee unwirsch, als sie sah wie Emma vorsichtig ein Bein vor das andere setzte.

Endlich hatte Emma die Treppe überwunden und schlitterte zu der heiligen Quelle.

»Wirf die goldenen Federn auf das Eis! Schnell!«, forderte sie die Eisfee ungeduldig auf.

Emma warf mit einem ungutem Gefühl die Federn auf das Eis. Sofort knackte es in der dicken Eisschicht. Um die Federn herum begann das Eis schnell zu tauen. Nach und nach verschwand immer mehr Eis. Es dauerte nicht lange und die Quelle sprudelte wieder. Die Federn waren wie Steine versunken. Und dann traute Emma ihren Augen nicht. Ihre Beine schlotterten, denn auf der Wasseroberfläche erschien der Kopf von dem mächtigen, grausamen Zauberer Goldhand.

»Goldhand, endlich«, schrie die Eisfee und klatschte begeistert in die Hände. »Nun bist du gleich errettet.«

Sie holte aus ihrem weiten Kleiderärmel eine kleine Phiole und füllte sie mit Wasser aus der heiligen Quelle. Der Kopf von Goldhand verschwand. Mit glänzenden Augen schaute sich die Eisfee die Phiole an.

»So, nun zu dir«, sagte sie abrupt und blickte abfällig auf die bibbernde Emma hinab. »Du hast deine Aufgabe erfüllt und bist für mich nun unbrauchbar. Gleich fliege ich zu Goldfeder. Ich erwecke wieder Leben in ihm. Aber nicht nur das. Ich verwandle Goldfeder mit diesem kostbaren Wasser hier wieder in den Zauberer Goldhand, damit er mir mit seinen Zauberkräften zu Diensten steht. Du bist allerdings nicht eingeladen, Naseweis. Du nimmst erst einmal ein Bad.«

Bevor Emma überhaupt etwas sagen konnte, befand sie sich im eisigen Wasser der Quelle. Sie konnte nicht einmal mehr um Hilfe schreien. Es wurde dunkel um sie.

Die Eisfee murmelte Zauberworte vor sich hin. Die Quelle hörte auf zu rauschen und wurde wieder zu Eis. Unter einer dünnen Eisschicht leuchtete Emmas erschrockenes Gesicht hervor.

Der Schimmel Barnabas hilft

Nachdem Frederike und Timmi keine Spur von Emma gefunden hatten, liefen sie hastig zum Schloss der Hexe Aurelia. Vielleicht war ja Emma schon längst bei Olivia und Leon.

Außer Atem öffneten sie die alte, vermoderte Schlosstür.

»Frau Engel, wo sind Sie?«, rief Timmi.

»In der Hexenküche«, erschallte es aus einem der langen Gänge.

Frederike und Timmi wussten den Weg in die Hexenküche, da sie auf ihrer ersten Reise durch das Zauberreich das Hexenschloss kennen gelernt hatten, wenn auch nicht freiwillig. Damals mussten sie die böse Hexe mit dem Schwert der Wahrheit besiegen. Die Berührung mit dem Schwert der Wahrheit hatte dann die Hexe in eine alte gutmütige Frau verwandelt, vor der sich niemand fürchten musste.

»Jetzt sehen wir endlich Kasimir und Trikas wieder«, rief Timmi erfreut. Kasimir war der schwarze Kater der Hexe und Trikas sein Sohn.

»Na hoffentlich hat sich Brilli nicht auf die zwei Kater gestürzt und sie verjagt«, überlegte Frederike.

»Dann kann der Köter aber was erleben«, rief Timmi erbost. Er war noch nie ein Hundefreund gewesen. Er hatte zu Hause Fische als Haustiere. Die brauchte er wenigstens nicht bei Wind und Wetter ausführen.

Gespannt erreichten sie die Hexenküche. »Da sind wir wieder!«, rief Frederike und sah sich enttäuscht um.

Nur Olivia mit Leon im Arm befand sich in der schmuddeligen Hexenküche. »Wo sind denn alle?« Frederike war den Tränen nahe.

»Es ist niemand im Schloss gewesen«, antwortete Olivia und schaukelte Leon sanft hin und her. »Ich habe Susi und Brilli losgeschickt, damit sie noch einmal das Schloss absuchen. Aber viel Hoffnung habe ich nicht. Aber sagt einmal, wo ist denn Emma?«

»Wir haben gedacht, sie ist hier bei Ihnen«, flüsterte Timmi. Frederike schluckte nur. Im Moment brachte sie kein Wort über ihre Lippen.

»Kinder, wir müssen nach Glücksstadt zu Prinzessin Alina und dem Prinzen Christian gehen. Glücksstadt liegt etwa auf der Hälfte des Weges nach Trollhausen. Die Prinzessin kann uns bestimmt bei unseren Problemen helfen«, sagte Olivia so zuversichtlich wie möglich, um die Kinder etwas zu beruhigen.

Sie legte Leon, der nun wieder eingeschlafen war, in die Babywippe und packte ihn warm ein.

»Wau, wau, das Schloss ist wie ausgestorben.« Brilli stürmte in die Hexenküche und schaute Olivia treuherzig an. »Aber von sauber machen muss eure Hexenfreundin nicht viel gehalten haben, denn auf ihrem muffigen Bett lag ein großer Staubhaufen mit einem grünen Stofffetzen oben darauf.«

»Danke, du bist ein guter Hund«, sagte Olivia und streichelte Brilli über den Kopf. Timmi verdrehte die Augen.

Da kam auch Susi auf ihren kurzen Beinen angetippelt. Sie drehte sich einmal im Kreis herum. »Wo ist denn Emma?«, fragte sie erstaunt. Frederike senkte den

Kopf. Susi fragte nicht weiter. Ihr tat Frederike sehr Leid. Deshalb sagte sie tröstend: »Vielleicht hatten die Federn von Goldfeder Zauberkräfte und Emma konnte mit Hilfe von ihnen nach Trollhausen fliegen. Bestimmt heckt sie mit der Fee Sardine schon einen Plan aus wie wir die Eiszeit in Salomè vertreiben können.«

»Ja, das könnte gut sein«, schloss sich Olivia der Meinung Susis an, obwohl sie nicht daran glaubte. Aber sie musste Frederike Mut machen.

»Ich weiß ja«, sagte Frederike ergeben, »ich muss trotz alledem stark sein. Und deshalb gehen wir jetzt los. Ich freue mich auf Prinzessin Alina und ihr Baby. Es müsste jetzt schon über ein halbes Jahr alt sein.«

Schnell aßen Timmi und Frederike noch die Salamibrote, die Olivia ihnen reichte. Als Brilli die Salami roch, machte er Männchen. Das hatte ihm die Mutter von Emma und Frederike schon beigebracht. Olivia musste lachen und reichte Brilli ein Salamibrot. Gierig verschlang es der Hund.

Timmi flüsterte Frederike ins Ohr: »Guck dir das an. Wie sich Brilli bei Frau Engel einkratzt.«

»Ist mir auch schon aufgefallen«, erwiderte Frederike missbilligend und schulterte ihren Rucksack. Susi hatte es sich auf Frederikes Wintersachen gemütlich gemacht und guckte vorwitzig aus dem Rucksack heraus.

Brilli trabte wieder vornweg. Dahinter reihten sich Timmi und Ferderike ein. Olivia ging diesmal als Letzte. Sie wollte damit verhindern, dass noch eines der Kinder zurückbleibt und dann unauffindbar ist. Sie erreichten bald ohne Zwischenfälle den Waldrand. Die Sonne stand nun hoch am Himmel und brachte für kurze Zeit den

Schnee an den Zweigen der Bäume zum Schmelzen, so dass die Tautropfen wie Diamanten funkelten.

»Wir gehen jetzt zu Goldfeder zurück. Von Goldfeder aus müssen wir genau in die andere Richtung weiterlaufen, dann erreichen wir bestimmt bald Glücksstadt«, sagte Olivia, die den schlafenden Leon kurz in den harschen Schnee gestellt hatte, um sich die kalten Hände zu reiben.

Brilli galoppierte begeistert los. Er hoffte, in Glücksstadt auf Emma zu treffen. Frederike hatte ein eigenartiges beklommenes Gefühl in ihrer Herzgegend. Drohte ihnen eine Gefahr? Sie entschloss sich, Susi aus dem Rucksack zu nehmen und auf dem Arm zu tragen.

»Ach, Rike, wenn du mich in den Arm nimmst, heißt das, dir geht es nicht gut«, stellte Susi besorgt fest.

»Hm, ist wohl so«, murmelte Frederike und drückte die weiche Trollpuppe ganz fest auf ihr lauf klopfendes Herz.

»Feuer! In Deckung, wau, wau!« Brilli stob, ohne sich noch einmal umzudrehen, davon. Bald war er aus der Sichtweite seiner Reisegefährten entschwunden.

»Legt euch flach mit dem Gesicht auf den Schnee!«, schrie Olivia, denn der Feuerschein wurde immer größer und raste auf sie zu. Olivia bedeckte Leon mit ihrem Körper. Er war wach geworden und schrie aus Leibeskräften.

So schnell wie der Feuerschein sich ausgebreitet hatte, so schnell war er wieder verschwunden, bevor er die verängstigten Kinder und Olivia erreicht hatte.

»Puh, nun bin ich platt wie eine Flunder«, meinte Susi trocken, als sich Frederike aus dem Schnee erhob. Aber keiner verstand sie, denn Leon ließ sich nicht mehr beruhigen. Olivia steckte ihm immer wieder seinen geliebten Nuckel in den Mund, aber Leon spuckte ihn sofort aus und schrie weiter.

»Hörst du das Babygeschrei, Goldhand?«, fragte Eisfee Undine überrascht.

Der Zauberer Goldhand, der seinen dunkelroten, mit Goldfäden durchzogenen Mantel glatt strich, horchte erstaunt auf. Gerade war er von der Eisfee Undine zum Leben erweckt worden.

Er konnte es noch gar nicht glauben, wieder lebendig zu sein. Und vor allem hatte er seine Menschengestalt wieder und musste nicht als gutmütiger Goldfeder anderen Dienste leisten. Er war voller Hass auf Emma, die ihn vor einigen Monaten den Zaubertrank eingeflößt hatte, der ihn in Goldfeder verwandelt hatte.

»Babygeschrei, hier, mitten in dieser verschneiten Einöde?« Goldhand runzelte die Stirn. »Da kann irgendetwas nicht stimmen. Wir müssen der Sache auf dem Grund gehen.«

»Ja, du hast Recht«, sagte Eisfee Undine, »wo ein Baby ist, sind auch die Eltern. Ich verwandle alle zu Eisstatuen, dann sind wir sie los. Kinder sind mir ein Graus.«

»Brilli ist immer noch auf der Flucht«, rief Frederike verzweifelt. »Was machen wir denn bloß jetzt?«

»Wir müssen weiter gehen!«, drängelte Timmi. »Wir können auf den Angsthasen keine Rücksicht nehmen.« Er schaute sich immer wieder nervös um. Aber dann geschah etwas, womit keiner gerechnet hatte.

Timmi traute seinen Augen kaum, denn plötzlich stand ein Schimmel mit zwei seiner Artgenossen vor ihnen.

Barnabas, der stolze Schimmel mit der silbernen Mähne und dem silbernen Schweif, hatte mit Timmi Freundschaft geschlossen, als der das erste Mal durch das Zauberreich reiste. Barnabas hatte Timmi und seine Gefährten schon mehr als einmal aus einer brenzligen Situation gerettet.

»Barnabas!«, rief Timmi glücklich und streichelte dem Schimmel über seine silberne Mähne. Dabei entging ihm nicht, dass sich die Rippen des Schimmels auf den weißen Pferdehaaren abzeichneten. Timmis Magen krampfte sich zusammen.

»Ihr müsst auf der Stelle von hier fliehen, sonst seid ihr verloren«, wieherte Barnabas hastig. »Steigt schnell auf! Wir bringen euch nach Glücksstadt.«

Ohne weitere Fragen zu stellen, schwang sich Timmi auf Barnabas Rücken. Olivia saß blitzschnell auf einen der anderen zwei edlen Schimmel und ließ sich von Frederike die Babywippe mit dem schreienden Leon reichen. Als Frederike dann auf dem dritten Schimmel saß, galoppierten die edlen Pferde über die weiße Ebene. Sie flogen an den Baumgruppen, die immer im Gelände auftauchten, nur so vorbei und standen im Handumdrehen vor dem riesigen Berg, der die Sicht auf Glücksstadt verhinderte. Durch den Berg führte ein Tunnel zum Stadttor.

Der Zauberer Goldhand und die Eisfee Undine hatten sich unterdessen in Adler verwandelt. Sie breiteten ihre Schwingen aus und flogen los. Da die Eisfee die Gestalt eines weißen Adlers angenommen hatte, war sie kaum von der Umgebung zu unterscheiden.

Die Adler flogen in die Richtung, aus der sie das Baby-geschrei vernommen hatten. Aber sie konnten mit ihren scharfen Adleraugen keine Menschenseele in der weiten weißen Einöde erspähen.

»Die Unseligen mit ihrem Baby müssen sich in Luft aufgelöst haben«, krächzte Goldhand verwundert.

»Lass uns zum Feenschloss nach Trollhausen fliegen«, krächzte Undine und drehte ab. »Dort schmieden wir Zukunftspläne. Ich will die Macht über Salomè. Wenn die Menschen Hunger und Kälte nicht mehr aushalten können, werden sie mich um Gnade bitten. Glücksstadt ist das Zentrum von Salomé. Dort werden wir bald unseren Platz im Schloss einnehmen. Wir müssen nur Prinzessin Alina und Prinz Christian loswerden. Lass uns überlegen wie wir sie besiegen können, denn sie werden wohl kaum freiwillig ihre Thronplätze herge-ben.«

»Der Vorschlag hätte von mir sein können«, ließ Gold-hand vernehmen und drehte ebenfalls ab.

Barnabas trabte durch den Tunnel. Seine Artgenossen folgten ihm. Das grüne Stadttor mit der abblätternden Farbe war geschlossen.

»So, mein lieber Freund«, wieherte Barnabas, »ich muss mich leider hier schon verabschieden.«

»Aber warum denn?«, fragte Timmi enttäuscht und rutschte von Barnabas Rücken. Dann nahm er Olivia Leon ab, der zum Glück wieder friedlich schlief. Auch Olivia und Frederike stiegen ungern von den Schimmeln ab, die im Gegensatz zu Barnabas eine weiße Mähne und einen weißen Schweif hatten. Susi, die wieder in

Frederikes Rucksack saß, war froh, dass sie während des Höllenritts nicht in die Schneewüste gepurzelt war.

»In der Stadt herrscht eine Hungersnot«, antwortete Barnabas traurig. »Es gibt keine Pferde mehr in Glücksstadt. Alle sind sie geschlachtet worden, da die Vorratskammern leer sind. Die Einwohner von Glücksstadt brauchten nie große Vorräte anlegen. Immer waren Obst, Gemüse und Getreide im Überfluss vorhanden. Als die Eiszeit ausbrach, erfror alles, was auf Feldern und in Gärten gewachsen war. Würden wir euch zum Schloss bringen, kämen die hungernden Menschen aus ihren kalten Wohnungen gestürzt, um uns zu töten, auch wenn wir selbst fast nur noch Haut und Knochen sind.«

»Das ist ja gruselig«, rief Frederike ängstlich. »Was machen wir, wenn sich die Einwohner von Glücksstadt vor lauter Hunger auf uns stürzen?«

»Die Menschen sind doch keine Kannibalen«, antwortete Timmi, obwohl ihm sehr unwohl war.

Olivia wandte sie sich an die Schimmel. »Vielen Dank für eure Hilfe.«

»Gern geschehen«, wieherte Barnabas. »Nun ziehe mir ein silbernes Haar aus meiner Mähne, Timmi. Wenn du meine Hilfe benötigst, reibe das Haar zwischen deinen Handflächen und ich bin so schnell ich kann bei dir.«

Behutsam zog Timmi eines der festen Pferdehaare aus der silbernen Mähne und steckte es in seine Hosentasche.

Wiehernd verschwanden die Schimmel im Tunnel. Bald verlor sich ihr Hufgeklapper.

»Pass auf dich auf, Barnabas!«, rief Timmi noch hinterher.

Olivia hämmerte unterdessen an das Stadttor.

»Wer da, wau, wau?«, ertönte es hinter dem Stadttor.

»Wir sind es, Wolfhard!«, antwortete Frederike erfreut. Wenigstens empfing sie ein guter Freund. Wolfhard, ein großer aufrecht gehender Hund mit langem, braunem Fell, war der Chef der Hundepolizei in Glücksstadt.

Knarrend ging das grüne Stadttor auf. Wolfhard ließ überrascht seine weißen Zähne aufblitzen. »Also mit euch hätte ich in den lausigen kalten Zeiten nicht gerechnet. Was treibt euch in unsere Eisstadt?« Er reichte jedem seine riesige Pranke zur Begrüßung. An seinem zottigen Fell hingen überall kleine Eisklumpen.

»Hallo, ich bin auch noch da!«, rief Susi begeistert. »Und dieses Mal brauchst du mich nicht zum Schneider bringen, denn ich habe noch beide Arme.« Sie ruderte zum Beweis mit ihren Stoffarmen in der Luft herum. Bei ihren letzten zwei Begegnungen mit Wolfhard hatte Susi immer einen ihrer dünnen Stoffarme beim Kampf gegen das Böse eingebüßt.

»Ach, die kleine Nervensäge ist auch wieder mit euch auf Reisen, wau, wau«, bellte Wolfhard und gab Susi erfreut seine Pranke.

»Wir wollen zur Prinzessin Alina und zu Prinz Christian«, sagte Olivia.

»Na, dann werde ich euch am besten zum Schloss begleiten, wau, wau«, bellte Wolfhard. »Es wird die Prinzessin aufmuntern, euch wieder zu sehen.« Dann blickte er erstaunt in die Babywippe.

»Das ist mein Sohn Leon«, erklärte Olivia stolz. Dabei dachte sie wehmütig an den Prinzen Michael. Sie hoffte inständig, im Schloss etwas über ihren geliebten Prinzen zu erfahren. Schließlich war Prinz Michael der Bruder von Prinz Christian.

»Hat die Prinzessin einen Sohn oder eine Tochter bekommen?«, fragte Frederike neugierig.

Wolfhard knurrte abweisend und sagte dann: »Kommt jetzt. Bleibt dicht bei mir. Es könnte sein, dass uns Gesindel auflauert. Meine Untergebenen sind in den Straßen unterwegs, damit es friedlich bleibt. Aber die ausgehungerten Menschen setzen für einen Bissen Nahrung auch ihr Leben aufs Spiel.«

Wolfhard verriegelte das Stadttor und tapste los. »Dieses Mal hast du wohl deine kleine Schwester lieber zu Hause gelassen?«, fragte er Frederike nach einer Weile.

Die hatte Mühe, sich auf der glatten Straße auf den Beinen zu halten. »Oh, Wolfhard, meine Schwester ist spurlos in der weißen Einöde verschwunden«, schniefte sie und wäre dabei bald ausgerutscht. Wolfhard fing sie geistesgegenwärtig auf.

»Sie ist nicht das einzige Kind, welches verschwunden ist«, sagte Wolfhard traurig. »Wahrscheinlich steckt die Eisfee Undine dahinter, da sie Kinder nicht ausstehen kann. So erzählt man es sich hinter verschlossenen Türen.«

»Wenn die Eisfee Undine Emma entführt hat, sehe ich meine Schwester vielleicht nie wieder«, wisperte Frederike entsetzt. »Dann…«

»Jetzt ist keine Zeit zum Jammern«, rief Timmi dazwischen, »wir müssen wie bei unseren letzten Reisen durch das Zauberland immer weiter kämpfen bis wir gesiegt haben.«

»Timmi hat Recht«, stimmte Olivia zu. »Es ist furchtbar, dass Emma verschwunden ist, aber wir dürfen uns nicht durch Hindernisse vom Ziel abbringen lassen und müssen wieder einmal darauf vertrauen, dass sich am Ende alles zum Guten wenden wird.«

»Und ich helfe mit dabei«, mischte sich Susi ein. »Schließlich will ich mit Frederike und Emma zurückreisen, auch wenn sich die beiden ständig angiften, was ich persönlich als vergeudete Zeit empfinde.«

Zum Glück konnte Susi nicht in die Zukunft sehen, denn ihre Pläne sollten durch böse Machenschaften vereitelt werden.

Prinzessin Alina

Nachdem Wolfhard und seine Begleiter die menschenleere spiegelglatte Hauptstraße hinter sich gelassen hatten, standen sie vor dem Parkeingang. Die weißen Löwenskulpturen auf den Marmorsäulen des Parktores waren von einer Eisschicht ummantelt.

»Jetzt kann euch nichts mehr passieren, wau, wau«, bellte Wolfhard. »Ich muss nun wieder meinen Pflichten am Stadttor nachgehen. Deshalb sage ich auf Wiedersehen und wünsche euch für eure Mission gutes Gelingen. Zweimal habt ihr schon das Böse besiegt. Dieses Mal wird es noch gefährlicher werden, weil Hunger und Kälte euch quälen werden. Aber in euern Augen sehe ich einen starken Siegeswillen.« Wolfhard verneigte sich ehrerbietig und ging davon.

»Tschüss, tschüss«, rief Susi aufgekratzt hinterher.

Schweigsam liefen Olivia, Timmi und Fredrike auf das gelbe Schloss mit den vielen verspielten Türmchen zu. Die grünen Flaggen mit dem Wahrzeichen der Stadt, einem weißen Löwen, waren alle auf Halbmast gezogen. Als Olivia dies sah, wusste sie sofort, dass etwas Schlimmes passiert sein musste. Die Angst kroch durch ihren Körper und bereitete ihr Bauchschmerzen.

Am Schlosstor empfingen sie keine Wachen wie bei ihren letzten Besuchen. Deshalb öffnete Timmi die schwere Eingangstür aus massivem Holz allein.

»Hallo, Prinzessin Alina!«, rief Olivia in die große Eingangshalle hinein. Sie stellte die Babywippe mit dem schlafenden Leon ab. »Deine Freunde aus dem fernen Land sind da.«

»Freunde, ihr seid gekommen! Welch ein Glück!«, rief es von der oberen Etage hinunter. Prinzessin Alina kam in einem dicken Fellmantel die weiße Marmortreppe heruntergestürmt. Ihre Hände hatte sie in einem Muff versteckt. Aber den ließ sie achtlos auf den Parkettboden fallen als sie vor Olivia stand. Voller Freude umarmte sie die Ankömmlinge.

Frederike schaute die Prinzessin erschrocken an, denn sie sah sehr mitgenommen aus. Tiefe Augenringe lagen unter den blauen Augen der Prinzessin, ihre Wangen waren eingefallen und ihre einst so glänzenden blonden Haare hingen in strohigen Strähnen über dem Pelzmantel hinab.

»Kommt mit in den Thronsaal, liebe Freunde«, sagte die Prinzessin mit tränenerstickter Stimme. »Dort ist es ein bisschen wärmer, denn mein treuer Diener Hans hat dort den Küchenofen hineinbugsiert.«

Noch bevor Prinzessin Alina mit ihren Gästen die Treppe erreicht hatte, kamen die Kater Kasimir und Trikas angewetzt.

Frederike traute ihren Augen kaum. Mit den zwei Katern hatte sie hier im Schloss nicht gerechnet. Aber das sollte nicht die einzige Überraschaung bleiben.

»Kasimir, Trikas!«, schrie Frederike. »Was macht ihr denn hier?«

Bevor die Kater antworten konnten, fing Leon lauthals zu schreien an.

»Oh, ein Baby!«, rief Prinzessin Alina entzückt. Dann blickte sie sich angstvoll um.

»Schnell, lasst uns in den Thronsaal gehen. Dort sind wir sicherer.«

Olivias Herz begann zu rasen. Was ging nur Schreckliches im Schloss vor?

Im Thronsaal bat die Prinzessin ihre Gäste an dem großen Eichentisch Platz zu nehmen. Es war in dem riesigen Thronsaal ein wenig wärmer. Der Küchenherd, der neben den mit Edelsteinen verzierten Thronsesseln stand, qualmte vor sich hin. Die Prinzessin ließ sogleich von ihrem geflissentlichen Diener neue Holzscheite auflegen.

So zogen Olivia, Timmi und Frederike ihre dicken Winterjacken aus und legten Mützen und Handschuhe ab.

Olivia nahm Leon auf den Arm und wiegte ihn sanft hin und her. Sie gab dem Diener ein vorbereitetes Trinkfläschchen, damit er es in einem Wasserbad erhitzen konnte.

Schließlich nahm sie allen Mut zusammen und fragte mit gepresster Stimme: »Wo sind Prinz Michael und Prinz Christian?«

Die Prinzessin schlug die Hände vor ihr Gesicht. Unter Tränen sagte sie: »Die Prinzen sind auf der Suche nach Gideon. Gideon ist mein lieber Sohn. Er ist trotz meines Verbotes allein im Schlosspark herumgetobt.«

»Aber wie kann ein Baby schon allein im Schlosspark herumtoben?«, fragte Frederike entgeistert. Auch Olivia, die Leon die Flasche gab, und Timmi schauten die Prinzessin fragend an.

»Gideon ist zwar erst acht Monate alt, aber er wächst in einem Monat so viel wie ein Kind sonst in einem Jahr.

Deshalb ist er bereits acht Jahre. Bevor die Eiszeit ausgebrochen war, holten wir uns Rat von der Fee Sardine, denn solch ein Fall war uns bisher nicht bekannt. Die Fee schaute in ihrem Zauberbuch nach und erklärte uns dann, das Gideon eine besondere Lebensaufgabe zugeteilt wurde und er deshalb im Alter von acht Monaten bereits acht Jahre sein wird. Danach altert er genauso wie jedes andere Kind.«

»Was muss Gideon denn für eine Aufgabe erfüllen?«, fragte Susi interessiert.

»Seine Lebensaufgabe muss Gideon selbst herausfinden. Wenn er sie dann erfüllt hat, wird er sich glücklich fühlen, erklärte uns Fee Sardine«, antwortete die Prinzessin.

»Hast du, seitdem die Prinzen losgeritten sind, nichts wieder von ihnen gehört?«, fragte Olivia bedrückt.

Prinzessin Alina schüttelte den Kopf. Tränen liefen über ihr schmales Gesicht.

»Sie wollten nach Trollhausen reiten, um dort die Eisfee Undine aufzuspüren und gegen sie kämpfen. Sie hofften, so Gideon zu befreien, denn wir vermuten, dass die Eisfee hinter dem Verschwinden von Gideon steckt, denn außer unserem Sohn werden noch viele Kinder aus Glücksstadt von ihren besorgten Eltern vermisst.«

»Sieh hier«, wisperte Olivia und zeigte der Prinzessin ihren Ring mit dem grau gefärbten herzförmigen Rubin. »Die lodernde Flamme in dem Rubin ist erloschen. Das bedeutet, Prinz Michael ist etwas zugestoßen.«

Alina senkte betroffen ihren Kopf und sagte verzweifelt: »Dann haben es die Prinzen es bestimmt nicht bis nach Trollhausen geschafft. Wie soll es denn nur weiter gehen? Die hungernden und frierenden Menschen erwarten doch Hilfe von mir.«

»Also, miau«, hub Kasimir an, »unsere Herrin, die alte Hexe Aurelia, kann diesmal nichts mit all den Unglücken zu tun haben.«

»Aber vielleicht doch«, meinte Susi, »schließlich haben wir sie in ihrem Saustall von Schloss nicht aufspüren können.«

»Das wäre ja auch ein Wunder gewesen, miau«, maunzte Trikas, »die Alte ist nämlich eines Tages auf ihrem Bett, mir nichts dir nichts, zu Staub verfallen. Ich habe es mit eigenen Augen gesehen. Als ich auf ihrem Bett saß, stöhnte Aurelia plötzlich auf. Dann zischte und puffte es ein paar Mal und Aurelias Asche rieselte auf mich herab. Ich rannte vor Schreck so schnell ich konnte aus dem Schlafzimmer heraus.«

»Kopfüber verließen wir das Hexenschloss und sind Richtung Glücksstadt gelaufen«, berichtete Kasimir weiter. »Auf einmal tauchte Fee Sardine auf. Sie gab Trikas eine grüne Zauberkapsel. Als er sie geschluckt hatte, beamte sie meinen mutigen Sohn in euer fernes Land. Fee Sardine hatte uns gesagt, dass sie und ihre weisen Trolle Salomè nicht von der Eiszeit befreien können, da die Kälte ihnen ihre Kräfte raubt. Dann sind sie der Eisfee Undine hilflos ausgeliefert. Ich denke, dass dies schon geschehen ist, weil die Fee schon sehr schwach war.«

»Das wollte uns Goldfeder bestimmt über die Fee Sardine erzählen, kurz bevor er vor Entkräftung starb«, überlegte Olivia.

»Die Eisfee Undine hat schon viele Kinder aus Glücksstadt entführt. Wie sie das macht, weiß keiner. Die Kinder verschwinden einfach vor den Augen ihrer Eltern«, schniefte Alina. »Die Menschen hungern und frieren nicht nur, sie bangen auch um ihre Kinder.«

»Aber was können wir ohne Hilfe von Fee Sardine und den weisen Trollen denn gegen so eine grausame Eisfee ausrichten?«, fragte Frederike entmutigt. »Emma hat die Eisfee bestimmt auch auf dem Gewissen. Davon bin ich jetzt überzeugt.«

»Emma ist wohl mit nach Salomé gereist?« Die Prinzessin blickte erstaunt nach oben.

»Ja, aber sie war plötzlich wie vom Erdboden verschwunden«, antwortete Frederike traurig. »Und Brilli, unseren Hund, haben wir auch verloren.«

»Der Angsthase hat uns in Stich gelassen«, mischte sich Timmi ein. »Nun wird er wohl in der Kälte herumirren, denn er kennt sich hier ja nicht so gut aus wie wir. Geschieht ihm ganz recht.«

»Was, ihr habt diesen widerlichen Kläffer mit nach Salomé gebracht, miau«, maunzte Trikas. »Da bin ich aber froh, dass er stiften gegangen ist.«

»Wisst ihr was?«, sagte Olivia, nachdem sie Leon in eine frische Windel gepackt und ihn in seine Babywippe gelegt hatte. »Wir machen jetzt eine Fiesta. Dabei schmieden wir Pläne wie wir die Eisfee Undine besiegen können. Dann sind Emma und Gideon gerettet. Und hoffentlich die Prinzen auch.«

»Was ist eine Fiesta?«, fragte Susi und zog ihre breite Stirn kraus.

»Das heißt, wir stärken uns. Mit vollem Bauch kommen uns bestimmt ein paar Ideen in den Kopf, was wir als Erstes tun können. Dann übernachten wir hier im Schloss und morgen früh geht der Kampf los.«

»Ich habe schon ein paar Tage nichts mehr gegessen«, sagte die Prinzessin matt. »Aber ihr braucht alles Essen für euch, denn ihr braucht demnächst viel Kraft.«

»Ein Glück, dass ich aus Stoff bin«, murmelte Susi erleichtert.

Olivia packte ihre ganzen Vorräte aus: Wurst- und Käsebrote, Bananen und Äpfel und eine Packung Müsliriegel. Auch Timmi und Frederike kramten in ihren Rucksäcken. Etwas verlegen legten sie ihren Proviant auf den Tisch: eine offene Tüte Gummibärchen, eine angebrochene Packung Kekse, eine Tafel Schokolade und eine Tüte Chips.

»Na ja«, meinte Olivia, »in punkto gesunder Ernährung gibt es bei euch noch einiges aufzuarbeiten. Aber ein paar Stückchen Schokolade werden uns bei schlechter Laune bestimmt aufheitern können.«

»Besser als gar nichts«, brubbelte Timmi beleidigt.

»Prinzessin Alina, ich bestehe darauf, dass Ihr Euch mit uns stärkt«, sagte Olivia und reichte der Prinzessin ein Käsebrot.

Die Prinzessin wollte nicht unhöflich sein und nahm das Käsebrot an. Eigentlich wollte sie ganz langsam essen. Aber sie war so hungrig, dass sie das Brot hastig verschlang. Olivia forderte die Prinzessin auf, mehr zu essen. Aber stattdessen legte die Prinzessin ihre Ration auf ein Tablett und sagte: »Das ist für meinen treuen Diener Hans. Er ist der einzige, der mich in den schweren Zeiten nicht verlassen hat.«

»Und ich gebe euch etwas von mir ab«, sagte Frederike zu Trikas und Kasimir, die gierig auf die Brote schielten.

Den Rest des Proviantes packte Olivia in ihren Rucksack. Dann sagte sie: »Nun müssen wir schlafen, damit wir morgen früh ausgeruht sind. Wenn ich doch nur wüsste, wie wir die Eisfee Undine besiegen können. Schließlich können wir nicht einfach nach Trollhausen marschieren und der Eisfee ohne Waffen gegenübertreten.«

»Sie verwandelt uns bestimmt sofort in Eisstatuen«, meinte Frederike und schüttelte sich.

»Ich habe ehrlich gesagt auch keine Ahnung wie ihr der Eisfee Undine dem Garaus bereiten könnt«, sagte die Prinzessin gequält.

»Und wie wäre es, wenn ihr euch alle friedlich schlafen legt«, mischte sich Susi ein. »So kommt euer Geist zur Ruhe und schickt euch vielleicht ein paar Einfälle als Träume.«

»Ja, das könnte klappen«, rief Olivia. »Bevor ihr einschlaft, stellt euch immer wieder die Frage: Wie können wir die Eisfee Undine besiegen?«

»Ach, das ist doch Blödsinn. Ich glaube nicht, dass wir so hilfreiche Antworten bekommen«, sagte Timmi und tippte sich an die Stirn.

»Wenn du nicht daran glaubst, kann es auch nicht funktionieren«, belehrte Susi Timmi.

»Wie dem auch sei, Kinder. Wir gehen jetzt zu Bett«, sagte Olivia bestimmt und gähnte herzhaft.

Die Prinzessin rief ihren Diener Hans, der Olivia, Timmi und Frederike in ihre Zimmer brachte. Auf die Betten hatte er noch ein paar zusätzliche Decken gelegt, denn es war bitterkalt in den riesigen hohen Räumen des Schlosses. Erschöpft legten sich die drei schlafen.

Susi hatte den Diener Hans gebeten, sie in das Kinderzimmer von Gideon zu bringen. Sie dachte sich, dass ihr dort bessere Ideen für den Kampf gegen die Eisfee Undine kommen würden.

Das Kinderzimmer von Gideon war ein wahres Spielparadies: etliche Schaukelpferde mit Fell standen herum, weiße geflügelte Plüschlöwen saßen in einem Regal, Bausteine aller Größen waren in Kisten aufbewahrt. Auf dem Tisch stand eine handballgroße Schneekugel. Die zog Susi sofort in den Bann.

Sie krabbelte auf den riesigen Plüschgorilla, der als Sessel diente. Von dort konnte sie auf die weiße Marmortischplatte klettern. Erstaunt blickte Susi in die Schneekugel. Sie traute ihren blauen Kulleraugen nicht, denn sie sah ein genaues Abbild von sich auf einer dicken Schicht weißer Kristalle in der Schneekugel sitzen.

»He, Susi zwei«, rief Susi aufgeregt, »wie lebt es sich in einer Glaskugel?«

Plötzlich wirbelten die weißen Schneekristalle in der Schneekugel herum. Es sah so, aus als ob ein gewaltiger Schneesturm losgebrochen war. Die kleine Susi wurde in der Kugel unsanft herumgeschleudert.

»Oh nein«, schrie Susi und rannte entsetzt um die Schneekugel herum. Aber sie konnte nichts ausrichten, denn die Schneekugel war viel zu schwer für die Stoffpuppe. So musste Susi mit ansehen, wie ihr kleines Abbild immer wieder hilflos gegen die Glaswand stieß. Nach einer Weile plumpste Susis kleine Doppelgängerin auf den Glasboden und wurde von den Schneekristallen ganz begraben.

Susi zitterte am ganzen Stoffkörper. Sie fing mit Weinen an, besann sich aber schnell, denn bei der Kälte würde ihr nasser Körper sonst bald ein Eisklumpen sein. Sie kletterte vom Tisch herunter und setzte sich in den Plüschgorilla. Sie hatte eine dunkle Vorahnung. Aber sie nahm sich vor, Olivia und den Kindern nichts von der Schneekugel zu erzählen.

Am nächsten Morgen trafen sich alle im Thronsaal. Der treue Diener Hans hatte schon Tee gekocht. Zum Glück gab es da noch einige Reserven in der Schlossküche. Ansonsten hatte der Koch die Schlossküche geplündert, als er seinen Dienst gekündigt hatte.

Olivia, die Leon schon versorgt hatte, packte die restlichen Brote und zwei Bananen aus. Frederike legte noch ihre Kekse auf den Tisch. Auch Kasimir und Trikas waren zur Stelle und leckten sich begehrlich ihre Schnauzen.

Schnell waren die wenigen Köstlichkeiten aufgegessen. Susi, die der Diener Hans aus Gideons Zimmer abgeholt hatte, saß schweigend auf dem großen Esstisch.

»Na, Susi, du hast noch kein einziges Wort mit uns geredet«, stellte Frederike fest. »Geht es dir nicht gut?«

»Doch, doch«, versicherte Susi und setzte ein Lächeln auf. »Ich bin nur gespannt, was ihr von euern Träumen zu berichten habt.«

»Also, ich hatte keinen einzigen Traum«, rief Timmi, »ich habe doch gewusst, dass das Quatsch ist, Botschaften im Traum zu empfangen.«

»Ich habe aber was geträumt«, sagte Frederike und

senkte den Kopf. »Am liebsten würde ich mir aber den Traum aus dem Herzen reißen.«

»Erzähle schon«, schrie Susi mit ihrer dünnen Stimme und tanzte vor Aufregung auf dem Tisch herum.

Frederike sah sich ängstlich um. Dann flüsterte sie: »Also, in meinem Traum wurde plötzlich die Tür vom Thronsaal aufgerissen und der Zauberer Goldhand stürmte mit finsterem Gesicht herein. Gerade wollte er etwas sagen, da wurde ich zitternd wach.«

»Mensch, da siehst du es doch, dass Träume Unsinn sind«, rief Timmi, »wir waren selbst dabei, als Goldfeder starb, was doch soviel heißt, dass Goldhand auch das Zeitliche gesegnet hat.«

»Ich wäre mir da nicht nicht so sicher«, mischte sich Prinzessin Alina ein. »In unserem Zauberreich ist alles möglich. Die Eisfee Undine könnte doch…« Die Prinzessin duckte sich, als ob sie einen Angriff erwartete.

»Hört euch mal meinen Traum an«, meldete sich Olivia zu Wort. »Ich verließ mit Timmi und Frederike gerade den Schlosspark, um zurück ins Hexenschloss zu gehen, als Brilli angerannt kam und uns vor Lukas warnen wollte. Trikas nahm vor Brilli, so schnell er konnte, Reißaus. Danach bin ich mit Herzklopfen wach geworden.«

»Na, das ist ja erst der blanke Unsinn! Warum sollten wir uns denn die Mühe machen, ins Hexenschloss zurückzulatschen«, rief Timmi. Dann lachte er hämisch und sagte: »Und Lukas, dieser Großkotz, ist doch gar nicht in Salomé. Der wird seine Sommerferien im Freibad genießen.«

Lukas war bis zur vierten Klasse wie Timmi und Frederike ein Schüler von Olivia gewesen und hatte das Zauberreich auch schon zweimal bereist. Nach der vierten Klasse war er auf eine andere Schule gewechselt, so dass Timmi und Frederike seit der Rückkehr aus Salomé vor ein paar Monaten kaum etwas von ihrem ehemaligen Mitschüler gehört hatten, vor allem, weil er nicht gerade ein Freund von ihnen war.

»Was soll es«, meinte Olivia ergeben. »Trotz wirrer Träume müssen wir uns auf den Weg machen.« Sie stand auf und nahm Leon aus seiner Babywippe. Sie wandte sich an die Prinzessin. »Würdest du bitte auf Leon aufpassen. Ich habe genug Babytrockenmilch mitgebracht. Deinem Diener Hans habe ich heute in der Frühe schon erklärt, wie man daraus die Milch zubereitet.«

»Ich kümmere mich sehr gern um Leon«, sagte die Prinzessin und nahm das Baby auf den Arm. »Ich hoffe, dass er hier im Schloss sicher ist.«

»Endlich können wir uns auf den Weg machen, miau«, maunzte Kasimir und streckte sich genüsslich. »Trikas und ich begleiten euch natürlich.«

»Wisst ihr was«, sagte Prinzessin Alina nachdenklich und streichelte Leon zärtlich über seine roten Wangen, »ich finde den Hinweis auf das Hexenschloss gar nicht so verkehrt. Ihr habt doch nicht die blasseste Ahnung wie ihr der Eisfee Undine entgegen treten könnt. Ihr würdet ohne Waffen vor ihr stehen. Die alte Hexe Aurelia ist zu Staub zerfallen, aber ihr Hexenbuch bestimmt nicht. Vielleicht findet ihr darin irgendeinen Hinweis wie die Eisfee zu besiegen ist.«

»Das ist eine gute Idee, finde ich«, rief Susi. »Da steht bestimmt auch geschrieben wie man einen Schneesturm vertreiben kann.«

»Aber es gibt doch gar keinen Schneesturm, du Dummerchen«, sagte Timmi altklug. »Doch die Sache mit dem Hexenbuch gefällt mir. Das wäre ein Versuch wert. Lieber ein paar Kilometer mehr in den Beinen, als Beine aus Eis von dieser gemeinen Eisfee angehext zu bekommen.«

Goldhand verkauft sich

Die Eisfee Undine und der Zauberer Goldhand saßen nach einer unruhigen Nacht im Festsaal des Feenschlosses in Trollhausen. Goldhand fröstelte und rieb sich seine kalten Hände aneinander.

»Die Kälte ist ja nicht zum Aushalten«, sagte er unwirsch. »Du hast es gut, da du nicht frieren kannst. Wie soll ich den verdammten Frost denn bloß überleben?« Er hauchte seinen warmen Atem in seine steif gefrorenen Hände.

»Ich habe nicht gedacht, dass du so ein Weichling bist, Goldhand«, entgegnete Undine von oben herab und strich andächtig über die mit grünem Samt bezogenen Armlehnen des Thronsessels. »Aber gut, ich werde dir helfen und dich von deinem jämmerlichen Bibbern befreien. Allerdings ist mein Entgegenkommen nicht für umsonst.«

Goldhand blickte Undine von der Seite an. Unbehagen breitete sich in ihm aus. Keine Regung war auf Undines ebenes blasses Gesicht zu erkennen. »Was verlangst du von mir?«

»Deine Seele«, antwortete Undine ohne aufzublicken.

»Was soll das heißen?« Goldhand war verblüfft.

»Das heißt, wenn ich besiegt werden sollte, wird deine Seele in meinem Körper übergehen und ich werde weiterleben. Du stirbst an meiner Stelle.«

»Ich habe gedacht, dass du unbesiegbar bist«, sagte Goldhand verwundert.

»Dein Denken kannst du dir sparen«, rief Undine ungehalten. »Was weißt du denn schon? Du kennst die

Schmerzen nicht, wenn dich deine eigene Schwester in einen Zauberschlaf versetzen will, der nie enden soll. Ha, aber da hat meine verhasste Schwester nicht mit den Holzwürmern gerechnet, die in den vergangenen Jahrzehnten mein Bett zerfressen haben. Und als es zusammenbrach, bin ich aufgewacht.«

»Wer ist deine Schwester?«, fragte Goldhand, obwohl es ihm dämmerte, dass es die Fee Sardine sein musste, die das Geheimnis der ewigen Jugend kannte. Er hatte sich schon längst gefragt, wo die Fee Sardine und ihre Untertanen, die weisen Trolle, abgeblieben waren.

»Fee Sardine ist meine Schwester, Schwachkopf«, schrie Undine aufgebracht und blies Goldhand ihren eisigen Atem ins Gesicht. Goldhand erstarrte vor Kälte und brachte kein Wort mehr über seine blau gefrorenen Lippen. Mit weit aufgerissenen Augen stierte er die Eisfee ängstlich an.

»Also, höre gut zu«, sagte Undine besänftigt. »Bevor du mir deine Seele verkaufst, sollst du wissen, worauf du dich einlässt. Fee Sardine ist meine Zwillingsschwester. Während sie als Verkörperung des Guten geboren wurde, war ich die Auferstehung des Bösen. Als wir erwachsen waren, war ich es, die unsere Eltern tötete, weil ich die Macht an mich reißen und die Herrschaft in Salomè übernehmen wollte. Aber Sardine wusste meine Pläne zu durchkreuzen. Eigentlich war der Zaubertrank für den unendlichen Schlaf für sie bestimmt. Aber einer der unseligen Trolle hat ihr meinen Plan verraten. So tauschte sie die Gläser aus und ich fiel in den Schlaf. Als ich nun überraschend aufgewacht bin, sprach sie schnell eine Prophezeiung aus. Demnach wird mich eines Tages ein Kind besiegen. Deshalb muss ich alle Kinder in Salomè aufspüren und sie in Eisstatuen verwandeln. Das ist ein enormer Kraft- und Zeitaufwand. Und was ist, wenn ich gerade dieses eine Kind verpasse und es mich besiegen kann. Es ist zwar unwahrscheinlich, dass ein Kind solche Kraft hat, aber im Leben ist alles möglich. Also muss ich gewappnet sein und brauche ein zweites Leben, dein Leben.«

Goldhand saß unbeweglich in seinem weich gepolsterten Stuhl. Seine kalten Hände umkrallten die Armlehnen. Am liebsten wäre er aus dem riesigen Saal gerannt. Aber trotz seiner Zauberkräfte war er der Kälte wie jedes andere Lebewesen in Salomé hilflos ausgeliefert. Und er wusste, dass die Eisfee eine viel größere Macht besaß als er, vor allem deshalb, weil sein größter Kraftquell, der Kristall der Hoffnung in dem Moment für immer zerstört wurde, als er sich in den gutmütigen Riesenvogel Goldfeder verwandelte. Um zu Überleben musste er unempfindlich gegen die Kälte und den quälenden Hunger sein.

»Also gut«, sagte Goldhand ergeben und schaute auf. »Ich steige in das Geschäft ein und verkaufe dir meine Seele. Damit ich aber ruhig schlafen kann, habe ich einen Plan wie wir so schnell möglich alle Kinder aus Salomè an den geheimen Ort bringen können, damit du sie in Eisstatuen verwandeln kannst.«

Eisfee Undine blickte Goldhand abfällig von der Seite an und sagte höhnisch: »Da bin ich aber neugierig auf deinen genialen Plan.«

»Höre zu, Undine, ich mag es nicht, wenn man mich für einen Idioten hält. Ich habe dir zwar meine Seele verkauft, das heißt aber noch lange nicht, dass ich nichts gegen dich ausrichten kann.«

Zum Beweis murmelte er schnell ein paar Zauberworte und schon war die sprachlose Undine mit goldenen Seilen an dem Thron gefesselt. Wütend riss sie an den Seilen herum. »Ist ja gut«, rief sie dann genervt, »ich werde dich wie einen gleichrangigen Partner in diesem Spiel behandeln.«

»Warum denn nicht gleich so«, murmelte Goldhand und ließ die Seile mit einem Fingerschnipsen verschwinden. Dann rieb er sich seine kalten Hände und sagte: »Bevor ich dir meinen Plan mitteile, befreie mich von diesem sinnlosen Bibbern. Und ich brauche etwas zu essen.« Er streichelte sich über seinen leeren Magen.

Die Eisfee zog etwas aus ihrem weiten Ärmel. Goldhand riss vor Erstaunen seine Augen weit auf. In ihrer Hand hielt Undine eine kleine, weiße Schlange, die ihr Maul weit aufriss, so dass ihre spitzen Zähne gut sichtbar waren.

»Darf ich vorstellen«, sagte Undine stolz, »das ist Beißer.«

Goldhand wich ängstlich zurück. Die Schlange war zwar höchstens dreißig Zentimeter lang und machte keinen gefährlichen Eindruck, aber ihr Biss könnte tödlich sein.

»Nur keine Panik, mein lieber Goldhand«, säuselte Undine, »Beißer wird dich vom Frieren erlösen und vor dem Hungertod retten. Er muss dich nur in einen Finger beißen und schon hast du das Gefühl, um dich herum ist Sommer und dein Magen ist gut gefüllt.«

Skeptisch hielt Goldhand seine Hand hin. Die Schlange schnappte sich einen seiner Finger und biss zu.

Goldhand war so erschrocken, dass er die Hand abrupt wegzog. Beißer, der noch nicht den Finger losgelassen hatte, wurde nun im hohen Bogen unsanft durch den Festsaal geschleudert.

»Bist du von Sinnen«, kreischte Undine los. Sie rannte aufgebracht zu der Schlange, die mitten auf dem großen Eichentisch gelandet war und sich nicht rührte. Behutsam nahm sie Beißer in die Hand und streichelte über seine raue Haut. Beißer schlug die Augen auf und sagte: »Dieser Angsthase soll ein großer Zauberer sein. Er hat ja jetzt schon die Hose voll.«

Goldhand hatte die Worte der Schlange vernommen und lief vor Wut rot an. Aber er schluckte seine Wut hinunter und murmelte: »Wir werden ja sehen, wer hier ein größerer Angsthase ist.« Er würde schon einen Weg finden, um die vorlaute Schlange zur Strecke zu bringen. Auf jeden Fall war es ihm nun warm. Ihm schien es, als ob sich von dem Schlangenbiss aus ständig Wärme durch seinen Körper ausbreitete, die ihm ein behagliches Gefühl verlieh. Außerdem war sein Magenknurren verschwunden, unter dem er gelitten hatte. Er atmete entspannt aus und öffnete seinen dunkelroten Umhang, den er sich mit einem Gürtel als Kälteschutz eng um seinen schlanken Körper geschlungen hatte.

Undine, die Beißer in ihren weiten Ärmel kriechen gelassen hatte, postierte sich mit angewinkelten Armen vor Goldhand und forderte ihn barsch auf: »Du sagst mir jetzt auf der Stelle wie wir ohne große Mühe die Kinder aus Salomé zusammentrommeln wollen.«

»Wir lassen die Arbeit von jemanden anders erledigen«, sagte Goldhand gelassen.

»Und wer bitte schön, soll dieser Kindereinfänger sein?« Undines Geduld war am Ende. Sie hätte sich am liebsten auf Goldhand gestürzt.

»Ruhig Blut, meine Gute«, beschwichtigte Goldhand sie, »ich kenne da einen Jungen aus einem anderen Land, in dem es keine Zauber gibt, der gern diese Arbeit für uns übernehmen wird.« Der Zauberer hatte Lukas im Sinn. Er hatte ihn schon einmal vor ein paar Monaten nach Salomé gezaubert.

»Also gut«, sagte die Eisfee, »hole ihn her, den Jungen. Obwohl ich Kinder hasse!«

Goldhand schloss die Augen und konzentrierte sich. Vor lauter Anstrengung beim Nachdenken traten ihm die Adern an den Schläfen heraus. Nach einer ganzen Weile murmelte er einen Zauberspruch: »Effendi, reisendi, lukasi, egal wo du bist, egal was du machst, du kommst in unser kaltes Land, auf einem unsichtbaren Band. Effendi, reisendi, lukasi.«

Kaum hatte er die Worte ausgesprochen, war ein starker Sog zu spüren. In der Luft knisterte und knackte es. Goldene Funken tanzten in dem Sog auf und nieder. Es wurde heiß, so heiß, dass Undine Atemnot bekam und fast ohnmächtig geworden wäre.

Unsanft plumpste Lukas pudelnass und nur mit einer weiten bunten Badehose bekleidet auf das Parkett. Verdattert erhob er sich und rieb sich die vom Aufprall schmerzenden Glieder. Zähneklappernd sah er sich um. Er erblickte Goldhand und brachte vor Schreck keinen Laut über die Lippen. Natürlich ahnte er, dass seine ehemalige Lehrerin Olivia Engel mit Frederike, Emma und Timmi wieder im Zauberreich sein musste. Die Nachricht vom Verschwinden der Lehrerin und der Kinder hatte sich wie ein Lauffeuer im Dorf verbreitet. Seitdem waren die Gerüchte über eine erneute Reise der Vermissten ins Zauberreich nicht abgebrochen.

Undine lachte schrill auf. »Dieser triefende Bursche in der kurzen Hose soll unser Handlanger sein?«

Lukas zitterte wie Espenlaub. Angst und Kälte krochen ihm durch den ganzen Körper. Zum zweiten Mal war er gegen seinen Willen in das Zauberreich geholt worden. Gerade war er im aufblasbaren Pool im Garten seiner Mutter abgetaucht, als er von einer unsichtbaren Kraft aus dem Wasser gezogen wurde.

»Darf ich vorstellen?«, rief Goldhand lachend. »Das ist Lukas, der beste Kindereintreiber aller Zeiten.«

Lukas verstand den Sinn der Worte nicht und guckte Goldhand mit großen Augen entsetzt an.

»Na, na, na, mein Junge«, sagte Goldhand, »gleich ist alles gut. Undine, walte deines Amtes!«

Die Eisfee wusste, was sie tun musste, um Lukas gefügig zu machen. Als erstes hauchte sie Lukas Brust mit ihrem eisigen Atem an. Der Fünftklässler krümmte sich zusammen. Als er sich wieder aufrichtete, war sein Blick kalt und furchtlos. Undine holte Beißer aus ihrem Ärmel heraus. Bereitwillig hielt Lukas seine Hand hin. Beißer verrichtete sein Werk und kroch wieder in Undines Ärmel zurück. Zum Schluss murmelte die Eisfee noch einen Zauberspruch. Nun war Lukas mit einem weißen Baumwollhemd und einer schwarzen Leinenhose bekleidet.

Lukas schwarze Haare waren getrocknet. Er fühlte sich gut, da von dem Schlangenbiss aus immer wieder Wellen wohliger Wärme durch seinen Körper flossen. Außerdem kam es ihm so vor, als ob er ein nahrhaftes Mahl genossen hatte. Voller Hingabe schaute er Undine in die kalten, blauen Augen und sagte: »Ich bin bereit, Herrin, meine Mission zu erfüllen.« Er reckte sich noch ein Stück und war fast so groß wie die Eisfee. Er war schon immer größer als seine Mitschüler gewesen.

»Du wirst dich auf den Weg nach Glücksstadt machen«, sagte Undine bestimmt. »Dort gehst du von Haus zu Haus und gibst dich als Abgesandter der Fee Sardine aus. Zum Beweis deiner Glaubwürdigkeit überreichst du den Bewohnern einen Korb mit Lebensmitteln. Den kannst du jeweils mit Hilfe dieser Ähre hervorzaubern.«

Undine holte aus ihrem weiten Kleiderärmel eine Weizenähre hervor und überreichte sie Lukas, der andächtig die Worte der Eisfee gelauscht hatte. Die Ähre steckte er in sein weites Baumwollhemd.

»Oben auf dem Korb wird ein rotes Bonbon liegen«, fuhr die Eisfee fort. »Das gibst du jeweils dem Kind der Familie. Wenn es das Bonbon isst, verschwindet es vor den Augen der Eltern. Der Balg ist dann in meiner Obhut.« Undine lachte hämisch.

»Für den Weg nach Glücksstadt benötige ich bestimmt viel Zeit«, überlegte Lukas. »Ist das nicht kostbare Zeit, die mir für die Erfüllung meiner Mission verloren geht, Herrin?« Er hatte nicht die geringste Lust auf einen langen einsamen Fußmarsch.

»Du denkst mit«, sagte die Eisfee anerkennend. »Ich weiß auch schon wie du im Handumdrehen Glücksstadt erreichst. Ich muss mich bloß konzentrieren, damit mir die richtige Zauberformel einfällt.« Die Eisfee richtete ihren Blick an die mit Engelbilder verzierte Decke des Festsaales. Nach einer Weile murmelte sie: »Komm herbei, Schimmel, eins, zwei, drei. Komm herbei, schnell wie ein Sturmwind, damit du tragen kannst ein Kind. Du bist mir nun treu ergeben und riskierst für mich dein Leben.«

Für einen Moment schloss sie ihre Augen. Dann lief sie eilig zu dem zugefrorenen Fenster und riss einen der Flügel auf. Begeistert schrie sie: »Die Schimmel sind während meines Zauberschlafes nicht ausgestorben. Kommt! Ich konnte einen besonders schönen Schimmel für unseren Plan herbeirufen.«

Sie rannte beschwingt aus dem Festsaal hinaus. Goldhand und Lukas folgten ihr neugierig. Lukas kannte die edlen Schimmel von den zwei ersten Reisen durch das Zauberland. Er war immer neidisch gewesen, dass sein ehemaliger Klassenkamerad Timmi den Anführer der Schimmel zum Freund hatte. Nun würde er Barnabas Befehle erteilen können.

Aber als er den Schimmel erblickte, erkannte er sofort, dass der Schimmel im Schlosshof nicht Barnabas war, obwohl er ihm zum Verwechseln ähnlich sah. Jedoch hatte Barnabas keine so stechenden blauen Augen. Außerdem musste dieser Schimmel wesentlich jünger sein.

Die Eisfee strich erfreut über die silberne Mähne des edlen Pferdes. Trotz der fehlenden Nahrung sah der Schimmel noch nicht sehr abgemagert aus. Er rieb seinen Kopf zum Zeichen seiner Ergebenheit an Undines Schulter. Er hatte seine Herde in dem Augenblick vergessen, als er ein starkes Stechen in seinem Herzen gefühlt hatte.

»Wie heißt du?«, fragte die Eisfee.

»Mein Name ist Minkus«, wieherte der Schimmel und warf stolz seinen Kopf nach oben. »Welchen Wunsch hat meine Herrin?«

Lukas konnte sich entsinnen, dass das Fohlen von Barnabas auf den Namen Minkus getauft worden war. Seit seinem ersten Zusammentreffen mit Minkus war über ein Jahr vergangen. Reiten war zwar nicht eine seiner Lieblingsbeschäftigungen, aber auf Minkus würde er sich wie ein König vorkommen.

»Du wirst diesen Jungen überall dorthin tragen, wohin er es befiehlt«, antwortete Undine. »Aber bevor du durch die eisige Wildnis galoppierst, bekommst du noch eine kleine Impfung in Form eines Schlangenbisses, damit Kälte und Hunger dir nichts ausmachen. Außerdem wird weder Mensch noch Raubtier dann versuchen, dich zu überfallen.«

Als Undine den zappelnden Beißer aus dem Kleiderärmel zog, stieg Minkus vor Schreck nach oben.

»Ho, ho, ho«, rief Goldhand und legte seine Hand beruhigend auf den Rücken des nervösen Schimmels. »Vor dem kleinen Mistvieh brauchst du keine Angst zu haben. Es will dir nur Gutes.«

Beißer zischte wütend, hatte er doch genau den Spott in Goldhands Worten vernommen. Aber Undine forderte ihn auf, Ruhe zu geben und Minkus in den Hals zu beißen. Abermals stieg Minkus nach oben, beruhigte sich aber schnell, nachdem er die wohltuende Wirkung des Bisses verspürte. Beißer hatte wieder sein Quartier in Undines Kleiderärmel bezogen.

Lukas schwang sich auf den Schimmel. Er strich bewundernd über die festen silbenen Haare der Mähne.

Die Eisfee gab Minkus einen kräftigen Klaps auf sein Hinterteil. Der Schimmel galoppierte vom Schlosshof. Bald war er den Blicken von Undine und Goldhand entschwunden.

»Für dich habe ich auch einen Auftrag«, sagte Undine und blickte Goldhand herausfordernd in seine braunen Augen. Goldhand fühlte sich plötzlich unbehaglich und strich sich eine schwarze Haarsträhne, die sich aus seinem Pferdeschwanz gelöst hatte, aus der Stirn.

»Was soll ich tun?«, fragte er mit heiserer Stimme.

»Das Babygeschrei, welches wir in der weißen Einöde gehört hatten, geht mir nicht mehr aus dem Sinn«, antwortete die Eisfee. »Ich muss ständig an Prinzessin Alina denken. Meine verhasste Schwester hat ein Audienzbuch, in dem ich ein wenig nachgestöbert habe. Kurz bevor ich aufgewacht bin, waren die Prinzessin Alina und ihr Gemahl Prinz Christian bei ihr, um sich einen Rat zu holen, weil mit ihrem Kind etwas nicht stimmte. Leider steht nicht geschrieben, welche Krankheit das Kind hat und wie alt es ist.«

Goldhand dachte angestrengt nach, um sich an die Vorkommnisse vor seiner Verwandlung in den Riesenvogel Goldfeder zu erinnern. Er wiegte seinen Kopf hin und her und meinte: »Als ich Prinzessin Alina das letzte Mal im Thronsaal ihres Schlosses sah, hatte sie noch kein Kind. Sie kann es höchstens unter ihrem Herzen getragen haben. Somit ist ihr Kind noch ein Baby und erst ein paar Monate alt.«

»Ich will das Baby haben«, sagte die Eisfee böse. »Es bleibt nicht so winzig. Vielleicht ist dieses Kind das besagte Kind. Dem Jungen wollte ich nicht diese lebenswichtige Aufgabe übertragen, ins Schloss einzudringen und das Baby der Prinzessin zu entführen. Du wirst es tun!«

Undine zeigte mit ihrem spitzen Finger auf Goldhand. »Ich kann nicht nach Glücksstadt fliegen, das wäre selbstmörderisch. Erst muss jedes einzelne Kind in eine Eisstatue verwandelt sein. Du bist bestimmt stark daran interessiert, dass auch wirklich jedes Kind seine Kältekammer bezieht, sonst könnte es doch sein, dass du schnell wieder ins Reich der Toten übergehst. Und dann gäbe es kein zurück mehr.«

»Soll ich etwa einfach so in das Schloss stürmen und der Prinzessin ihr Baby aus dem Arm reißen?« Goldhand war nicht erpicht darauf nach Glücksstadt zu fliegen. Für große Zaubereien fehlten ihm einfach die Kräfte, die er früher vom Kristall der Hoffnung bezogen hatte. Für Lukas Einreise ins Zauberland hatte er sich fast verausgabt. Aber das wollte er der Eisfee nicht verraten.

»Wie du deine Aufgabe erfüllst, ist mir vollkommen egal. Schließlich hast du Wert darauf gelegt, in diesem Spiel ein gleichrangiger Partner zu sein. Nun erhebe dich endlich in die Lüfte und hole mir dieses verflixte Baby hierher. Auf der Stelle, Goldhand!«

Goldhand murmelte seufzend seinen Zauberspruch und verwandelte sich daraufhin in einen Adler. Als er vom Schlosshof flog, fragte er sich, ob es nicht für ihn besser gewesen wäre, wenn er nicht den Verlockungen von Undine gefolgt wäre. Nun war er der Eisfee rettungslos ausgeliefert.

Folgenschwere Ereignisse in Glücksstadt

Olivia, Timmi und Frederike waren bereit für den Aufbruch. Sie hatten sich dick vermummt. Nur ihre blassen Gesichter schauten aus ihrer Wintermontur heraus. In ihren Augen spiegelten sich Angst, aber auch die Entschlossenheit wider, sich gegen die Eisfee Undine aufzulehnen und sie zu besiegen.

Kasimir und Trikas liefen mit steil nach oben gerichteten Schwänzen auf dem Schlossausgang zu. Der treue Diener Hans öffnete die schwere Schlosstür. Zum letzten Mal streichelte Olivia Leon über die rosigen Wangen und sagte: »Hier bist du in Sicherheit, mein kleiner Schatz. Ich hoffe, ich komme mit deinem Vater zurück.« Dann wandte sie sich an die Prinzessin: »Und natürlich auch mit Prinz Christian und Gideon«

Die Augen der Prinzessin füllten sich mit Tränen. Sie nickte nur stumm. Der Diener Hans ließ die schwere Schlosstür schnell zufallen, denn es war bitterkalt. Die Luft war diesig. Eine unheimliche Stille lag über dem Schlosspark. Der einstmals so prächtig blühende Schlossgarten bestand nur noch aus trostlosem, welkem Gestrüpp und Sträuchern, deren Zweige sich nach unten bogen, da sie mit einer dicken Schicht gefrorenen Schnees bedeckt waren. Die hohen, stattlichen Bäume, die noch nie in ihrem Leben ihr Laub verloren hatten, ließen traurig ihre kahlen, eingefrorenen Äste hängen.

Olivia, Timmi und Frederike liefen schweigend ins Ungewisse los. Kasimir und Trikas sprangen munter voran. Schnell passierten sie den riesigen Springbrunnen in der Mitte des Schlossparks. Die Wasserfontäne, die sich ansonsten plätschernd aus dem Maul des weißen Marmorlöwen ergoss, war nun gefroren. Hastig liefen die drei weiter. Als sie fast den Parkausgang erreicht hatten, hörten sie ein lautes Bellen.

»Hört sich an wie Brilli«, rief Frederike erstaunt. »Er hat sich also tatsächlich zu uns durchgeschlagen. Das hätte ich dem Angsthasen gar nicht zugetraut.«

Kaum hatte sie die Worte ausgesprochen, kam Brilli atemlos auf sie zu gerannt. »Haltet an! Ich habe Neuigkeiten, wau, wau«, bellte er atemlos.

Als Trikas Brilli anwetzen sah, stob er davon. Kasimir wollte ihn nicht allein weglaufen lassen und hetzte hinterher.

Timmi begannen die Beine zu schlottern. Sollte der Traum von Olivia doch eine Vorhersehung gewesen sein?

Auch Olivia war es bange zumute. Und Frederikes Lippen hatten sich vor Anspannung in zwei dünne Striche verwandelt.

»Ein Glück, dass ich euch endlich gefunden habe«, japste Brilli. »Ihr glaubt nicht, wer wie ein König durch diese eisige Stadt reitet und…«

»Lukas!«, riefen Olivia, Timmi und Frederike wie aus einem Mund.

»Woher wisst ihr das, wau, wau?«, fragte Brilli erstaunt und schüttelte sich.

»Ach, ist doch jetzt egal«, hauchte Olivia. »Hast du herausfinden können, was Lukas in Glücksstadt will?«

»Ich beobachtete, wie er vor einem Haus halt machte und von seinem Pferd stieg. Er holte irgendein langes Ding aus seinem Hemd hervor und plötzlich stand ein großer Korb mit leckeren Fressalien vor ihm. Ich hätte mich am liebsten auf den Korb gestürzt. Aber umgehend ging die Haustür auf und Lukas wurde freundlichst empfangen.«

»Lukas muss im Bann der Eisfee stehen. Wie sonst wäre es ihm möglich Essen hervor zu zaubern? Die Leckereien aus dem Korb bekommen die Menschen bestimmt nicht für umsonst. Da steckt eine Gaunerei dahinter«, mutmaßte Timmi und zog seine Stirn kraus.

»Wieso lässt sich Lukas immer auf so üble Geschäfte ein?«, fragte Frederike bestürzt.

»Er ist bestimmt gegen seinen Willen ins Zauberreich gekommen. Irgendein böser Zauber muss ihn hierher gebracht haben. Wenn ihn die Eisfee in ihren Bann gezogen hat, ist er ihr hilflos ausgeliefert«, antwortete Olivia.

»Vielleicht erkennt er uns gar nicht«, überlegte Timmi.

»Wir sollten Vorsicht walten lassen und erst einmal sehen, was er vor hat«, sagte Olivia. Dann wandte sie sich an Susi, die aus Frederikes Rucksack herausguckte und fuhr fort: »Du könntest für uns auf Beobachtungsposten gehen. Weil du so winzig bist, fällst du nicht auf.«
»Bitte nenne mich nicht winzig«, rief Susi empört. »Schließlich bin ich vierzig Zentimeter groß. Meine Doppelgängerin in der Schneekugel ist winzig, das stimmt, aber ich nicht.« Susi verschränkte beleidigt ihre weichen Stoffarme.

»Was redest du da von einer Doppelgängerin?«, fragte Olivia verwundert. Sie nahm Susi aus dem Rucksack und sah ihr prüfend in die blauen Kulleraugen.

»Ach, das war nur so ein dummes Gerede«, versuchte sich Susi schnell herauszureden.

»Brilli, du führst uns jetzt in die Nähe des Hauses, wo du Lukas erblickt hast«, sagte Olivia. »Wir verstecken uns dann, wenn Susi Lukas auskundschaftet.«

Brilli setzte sich in Gang. Olivia und die zwei Kinder folgten ihm. Susi, die von Olivia getragen wurde, hatte dunkle Vorahnungen. Sie fühlte, dass der Kampf gegen die Eisfee Undine ein schweres Unterfangen werden würde und große Opfer fordern würde.

Die Hauptstraße von Glücksstadt mit den prunkvollen Häusern der gut betuchten Einwohner war wie ausgestorben. Kein Mensch hielt sich in der Kälte draußen auf. Meistens saßen die Familien alle in der Küche beieinander, da dort der Küchenherd die lebensnotwendige Wärme spendete. Zum Essenkochen wurde er nur noch selten gebraucht. Wenn die Männer zum Holzhohlen in den Wald gehen mussten, erlegten sie manchmal ein abgemagertes Wildtier. Wenn es dann zum Garen in den Herd geschoben wurde, konnten es die ausgehungerten Menschen nicht abwarten und verschlangen die Beute halb roh. Einigermaßen brachten sich so die meisten Menschen mit Mühe durch die Eiszeit. Prinzessin Alina hatte verkünden lassen, dass die Prinzen Christian und Michael ausgeritten seien, um der Eiszeit ein Ende zu bereiten und um die entführten Kinder zurück nach Hause zu bringen. Das gab den Menschen die Hoffnung, um die entbehrungsreichen Zeiten durchzuhalten.

An einer der Straßenecken stoppte Brilli und sagte: »Da vorn in das gelb angestrichene Haus wurde Lukas eingelassen. Er scheint noch nicht gegangen zu sein, denn sein Pferd steht noch an der selben Stelle.«

Timmi rieb sich die Augen. Dann rief er verständnislos: »Täusche ich mich oder ist das Barnabas?«

»Nicht so laut«, beschwichtigte Olivia ihn. »Der Schimmel sieht tatsächlich so aus wie unser Freund Barnabas. Komisch, dass er nicht schon längst von den hungernden Menschen zur Strecke gebracht worden ist. Aber wenn er von Lukas geritten wird, ist er gewiss verzaubert worden.«

»Ich habe die Eisfee zwar noch nicht persönlich kennen gelernt, aber hassen tue ich sie jetzt schon«, fluchte Timmi.

»Setze mich endlich ab, Olivia«, mischte sich Susi ein. »Ich werde schon herausfinden, was mit Barnabas passiert ist.«

»Aber sei vorsichtig«, ermahnte Olivia die aufgeregte Stoffpuppe.

Susi tippelte auf ihren kurzen Stoffbeinen los. Bald hatte sie den Schimmel erreicht. Instinktiv drehte der Schimmel seinen Kopf um und schaute Susi mit seinen stechenden blauen Augen unfreundlich an. Die Trollpuppe erkannte sofort, dass der Schimmel nicht Barnabas war und wollte weglaufen. Aber Minkus schlug aus und traf Susi empfindlich am Kopf, so dass sie im hohen Bogen durch die Luft geschleudert wurde und in einem der kahlen Vorgärten landete.

Olivia, Timmi und Frederike ließen alle Vorsicht fallen und rannten schreiend los. Nur Brilli blieb in Deckung. Ihm war die Stoffpuppe ziemlich egal. Noch bevor die drei bei Susi angekommen waren, ging die Eingangstür des Hauses auf, in dessen Vorgarten Susi bewegungslos lag. Ein hagerer, großer Mann, der etliche Hemden und

Hosen übereinander trug, hob die Trollpuppe auf und verschwand mit ihr im Haus.

Olivia hielt mitten im Lauf an und rief: »Was machen wir nun?«

Bevor die Kinder eine Antwort geben konnten, ging die Eingangstür des Nachbarhauses auf und Lukas trat selbstgefällig heraus. Mit Genugtuung hatte er beobachtet wie vor den Augen der entsetzten Eltern ihr kleines Mädchen verschwunden war, als es ahnungslos das Bonbon gegessen hatte.

Nun wollte Lukas schnell das nächste Haus aufsuchen, da erblickte er Olivia und seine zwei ehemaligen Klassenkameraden. Das passte ihm gar nicht und er schrie böse: »Was treibt ihr euch denn hier herum? Verschwindet oder ich rufe die Eisfee Undine herbei. Dann lasse ich euch in Eisstatuen verwandeln.«

»Der Großkotz will uns doch bestimmt nur Angst machen«, wisperte Timmi erschrocken.

»Lasst es uns herausfinden«, sagte Olivia und ging auf Lukas zu.

Timmi folgte ihr. Frederike wusste nicht wie sie sich verhalten sollte. An ihren Füßen schienen außerdem Gewichte zu hängen. Sie rührte sie sich nicht von der Stelle.

»Sei doch nicht so unfreundlich zu uns«, begrüßte Olivia ihren ehemaligen Schüler. »Vielleicht können wir unseren Weg gemeinsam fortsetzen.«

»Niemals«, rief Lukas, »ich erfülle eine wichtige Mission. Da kann ich keine Begleiter gebrauchen.«

»Welche Mission erfüllst du denn?«, hakte Olivia nach, obwohl sie es sich denken konnte.

Noch bevor Lukas antworten konnte, kam Minkus angaloppiert. Dabei rannte er Frederike unsanft um und drängte sich dann zwischen Lukas, Olivia und Timmi. Er wieherte ungehalten und funkelte Lukas mit seinen blauen Augen grimmig an: »Steige sofort auf, du Wurm. Die Eisfee Undine erwartet dich.«

Timmi stellte erleichtert fest, dass der Schimmel nicht Barnabas war. Olivia erinnerte sich sofort an das Fohlen von Barnabas, das die blauen Augen von seiner Mutter vererbt bekommen hatte. Dieser Schimmel konnte kein anderer sein als Minkus, denn nur die Nachkommen von Barnabas hatten eine silberne Mähne und einen silbernen Schweif.

Lukas schwang sich auf den Rücken des Schimmels, der so schnell davonpreschte, dass er im selben Augenblick nicht mehr zu sehen war.

Entsetzt liefen Olivia und Timmi zu Frederike. Sie lag auf der eisigen Straße und bewegte sich nicht. Brilli stand winselnd bei ihr und stupste sie mit seiner weichen Hundenase immer wieder an.

Olivia hockte sich neben Frederike hin und legte den Kopf des bewusstlosen Mädchens in ihren Schoß. »Kannst du mich hören?«, fragte sie mit bebenden Lippen.

Timmi, der kreideweiß war, fragte leise: »Wacht sie wieder auf?«

»Wir brauchen Hilfe! Schnell, klopfe an eine der Haustüren und frage, wo wir einen Arzt finden können!«

Timmi rannte auf eines der Häuser zu. Er wummerte gegen die Tür, aber niemand öffnete. Er hastete zur nächsten Tür. Aber auch hier blieb die Tür verschlossen. Nachdem er es noch an mehreren Türen versucht hatte, eilte er atemlos zu Olivia zurück.

»Es öffnet niemand!«, schrie er verzweifelt.

»Wir müssen Barnabas rufen, Timmi«, sagte Olivia. »Er kann uns bestimmt helfen, falls er nicht allzu traurig über den Verlust seines Fohlens ist.«

Timmi zog die Handschuhe aus und zog mit klopfendem Herzen das silberne Haar von Barnabas Mähne aus seiner Hosentasche. Er rieb es zwischen seine Handflächen. Aber der weiße Schimmel erschien nicht.

»Mist«, rief Timmi, »da stimmt etwas nicht. Hoffentlich lebt er noch.« Timmi war den Tränen nahe.

»Brilli, laufe zum Stadttor und bringe Wolfhard hierher«, rief Olivia panisch, »wir müssen Frederike hier wegbringen. Sonst erfriert sie.«

Brilli rannte die Hauptstraße hinunter. Mit Wolfhard hatte er bereits Bekanntschaft gemacht, als er in Glücksstadt eingetroffen war. Er hätte es sich nie träumen lassen, einmal in seinem Leben einen so riesigen Artgenossen kennen zu lernen, denn der Chef der Hundepolizei hatte fast die Größe eines Ponys.

Olivia streichelte immer über das blasse Gesicht Frederikes. Timmi versuchte weiter, Hilfe von den Einwohnern von Glücksstadt zu bekommen. Aber egal an welcher Eingangstür er hämmerte, es wurde ihm nicht geöffnet.

Bald kam Brilli mit einem besorgten Wolfhard zurück. Als er Frederike regungslos in Olivias Armen sah, wusste er sofort, was zu tun war. Er ließ ein lang gezogenes tiefes Bellen ertönen. Kaum war es verklungen, standen zwei schwarze, aufrechtgehende Hunde mit einer bunt schillernden Sänfte vor ihm. Die Hunde setzten die Sänfte ab und hoben Frederike mit der Hilfe von Wolfhard ganz vorsichtig hoch. Dann legten sie Frederike auf eine der Sitzbänke und deckten sie mit einer Decke zu.

»Bringt sie zu Prinzessin Alina ins Schloss«, forderte Wolfhard die zwei Hunde auf. »Ich komme mit dem Leibarzt der Prinzessin nach.«

Sofort setzten sich die zwei Hunde in Gang.

»Ihr könnt getrost weiterziehen«, beruhigte Wolfhard Olivia und Timmi, die betroffen den zwei Hunden hinterher blickten.

»Warum hat mir keiner der Anwohner geöffnet?«, fragte Timmi enttäuscht. Schließlich war er bereit, sein Leben für die Errettung der Menschen in Glücksstadt zu opfern und sie versteckten sich hinter ihren zugefrorenen Fenstern.

»Du musst das verstehen«, erklärte Wolfhard. »Die Menschen sind sehr verunsichert. Lukas war schon in vielen Häusern und hat Lebensmittel verschenkt. Die wollen sie mit niemanden teilen. Aber vor allem haben die Menschen Angst, denn immer mehr Kinder verschwinden vor den Augen der Eltern.«

»Dann rücken die Einwohner des Hauses da wohl auch nicht Susi mehr heraus?«, fragte Olivia und zeigte auf das Haus, in dessen Vorgarten Susi unfreiwillig gelandet war.

»Das übernehme ich, wau, wau. Die Trollpuppe Susi steht unter meinem Schutz«, bellte Wolfhard und ging auf das Haus zu. Er klopfte an die Tür und rief: »Aufmachen, der Chef der Hundepolizei möchte Sie sprechen!«

Ganz langsam ging die Tür einen Spalt auf und ein Mann steckte seinen Kopf hindurch.

»Rücken Sie sofort die kleine Susi heraus, die Sie sich unrechtmäßig angeeignet haben, rrr«, knurrte Wolfhard unfreundlich und ließ seine weißen spitzen Zähne aufblitzen.

Die Tür ging ein bisschen weiter auf und eine Frau erschien in der Tür. Sie sagte mit gesenktem Kopf: »Wir dachten, dass in der Puppe vielleicht irgendetwas Wertvolles versteckt sei und haben sie in ihre Einzelteile zerlegt.«

Sie hielt Wolfhard einen Leinenbeutel vor die Nase. Als er in den Beutel sah und die zerstückelte Susi sah, sträubte sich sein Fell und er rief: »Wau, wau, das hat Folgen für Sie. Ich werde Sie wegen Körperverletzung verhaften.«

»Bitte haben Sie Nachsicht mit uns«, jammerte die Frau und raufte sich die Haare. »Unser Kind ist verschwunden und wir haben nichts Essbares im Haus. Wir dachten, wenn wir in der Stoffpuppe einen Schatz finden, können wir die Eisfee milde stimmen.« Die Frau fiel auf die Knie und schluchzte.

Wolfhard bekam Mitleid mit der Frau und brummte: »Ich überlege mir die Sache noch einmal. Aber tun Sie nie wieder jemanden aus selbstsüchtigen Gründen weh.«

Die Frau schloss kopfnickend die Tür. Wolfhard ging zu Olivia und Timmi, die ihn nervös anschauten.

»Ich zeige euch lieber nicht den Inhalt des Beutels«, sagte Wolfhard. »Ich nehme die Überreste der tapferen Susi mit und übergebe sie dem Schneider der Prinzessin Alina. Er wird Susi hoffentlich wieder zum Leben erwecken können.«

Durch Timmis Magen zuckte ein Stich. Er war von den zwei letzten Reisen durch das Zauberreich einiges gewöhnt, aber so viele schlimme Ereignisse gleich am Anfang ihres Kampfes ertragen zu müssen, war unendlich schwer. Er schluckte die Tränen hinunter.

Olivia war fassungslos. Aber es half kein Hängenlassen. Sie musste sich eben allein mit Timmi und Brilli auf den Weg ins Hexenschloss begeben.

Wolfhard gab Olivia und Timmi seine riesige Pranke und sagte tröstend: »Um Frederike und Susi kümmere ich mich persönlich. Zuerst bringe ich den Leibarzt der Prinzessin ins Schloss. Der bringt das Mädchen schnell wieder auf die Beine. Und dann ist sie hier dran.« Der Chef der Hundepolizei wedelte mit dem Leinenbeutel und lief eilig davon.

Zurück zum Hexenschloss

Olivia und Timmi liefen schweigend Richtung Stadttor. Brilli rannte mit gespitzten Ohren mal vor den beiden, mal hinter ihnen und suchte ständig mit der Nase aufmerksam die Gegend ab. Er wollte ein guter Aufpasser sein, auch wenn er Timmi nicht leiden konnte. Der Adler, der unermüdlich seine Kreise über die nachdenkliche Olivia und Timmi zog, entging ihm aber.

Olivia machte sich die größten Sorgen um Emma und Frederike. Sie hoffte von ganzem Herzen, dass beide Schwestern heil wieder nach Hause kommen würden. Da fiel ihr ein, dass die Heimreise auch zum Problem werden könnte, weil der Riesenvogel Goldfeder ja nicht mehr am Leben war.

Sie wurde aber schnell aus ihren Gedanken gerissen, denn sie hatten das Stadttor erreicht und Brilli bellte: »Ich muss mich für eine Weile von euch verabschieden, denn wenn ich nicht bald etwas Essbares zwischen meine Zähne bekomme, falle ich vor Entkräftung um. Wir sehen uns spätestens im Hexenschloss wieder. Vielleicht kann ich auch für euch etwas erjagen.«

»Eine Kaninchenkeule wäre schon nicht zu verachten«, sagte Timmi und rieb sich über seinen Bauch. »Aber wie ein Jagdhund kommst du mir nicht vor.«

Brilli lief beleidigt in den Tunnel. Nachdem Olivia und Timmi den Tunnel hinter sich gelassen hatten, stampften sie durch eine weiche Schneedecke. Es musste in der Nacht Neuschnee gefallen sein.

»Puh, ist das anstrengend durch den hohen Schnee zu

laufen«, stöhnte Timmi und lockerte den Schal, den er fest um seinen Hals gewickelt hatte. Auch Olivia fing zu schwitzen an und öffnete ein Stück ihres Reißverschlusses ihrer Skijacke. Sie waren für einen Moment abgelenkt und sahen nicht, dass dicht über ihnen ein Adler kreiste.

Der Adler war kein anderer als der Zauberer Goldhand, der sich noch nicht hatte entschließen können, ins Schloss von Glücksstadt einzudringen. Er wollte erst auskundschaften, was in der Stadt vor sich ging. Und er würde der Eisfee einiges Interessantes zu berichten haben. Vor allem, dass seine alten Feinde, die ihn vor einigen Monaten besiegt hatten, wieder in der Stadt waren. Sicher wollten sie abermals die Helden spielen und Salomè von der Eiszeit befreien. Er hatte sofort Olivia, Frederike und Timmi erkannt und frohlockt, als das Mädchen schwer von dem Schimmel Minkus verletzt wurde.

Nun musste er herausfinden, wohin die junge Frau mit den braunen, halblangen Haaren und der Junge wollten. Mit diesen Wissen konnte er dann beruhigt zum Schloss von Glücksstadt fliegen, um seinen Auftrag zu erfüllen.

Olivia und Timmi liefen tapfer schnellen Schrittes durch die weiße Einöde. So erreichten sie nach dem unermüdlichen Marsch bald den Hexenwald.

»Ich kann nicht mehr«, rief Timmi und ließ sich in den Schnee plumpsen.

»Wir machen eine kurze Rast«, sagte Olivia und setzte den Rucksack ab. Sie holte eine Isoliermatte aus ihrem prall gefüllten Rucksack heraus und legte sie auf den Schnee. Timmi nahm Platz und trank durstig den warmen Tee, den Olivia ihm reichte. Gierig verschlang er eine Banane und ein paar Kekse von dem kärglichen Proviant, der noch aus der Heimat übrig war.

Der Adler, der Olivia und Timmi mit seinen scharfen Blicken ständig verfolgt hatte, kannte nun das Ziel seiner Feinde und flog zurück nach Glücksstadt. Er konnte sich denken, was seine Widersacher im Hexenschloss wollten. Die alte Hexe Aurelia sollte ihnen helfen, der Eiszeit ein Ende zu setzen. Er wusste nicht, dass Aurelia bereits zu Staub zerfallen war.

Etwas erholt und gestärkt setzten Olivia und Timmi still ihren Weg fort. Sie liefen zügig durch den lichten Hexenwald. Schon vom Waldrand aus hatten sie das schneebedeckte Hexenschloss erkennen können.

Nach einer Weile traute sich Timmi endlich seinem Herzen Luft zu machen und sagte geknickt: »Ich bin ziemlich fertig durch all die furchtbaren Dinge, die wir seit unserer Ankunft in Salomè erlebt haben. Aber wir können ja jetzt nicht aufgeben, obwohl ich es am liebsten möchte.«

»Ich kann dich verstehen«, sagte Olivia und schob einen sperrigen Ast zur Seite, »ich bin zwar erwachsen, aber mir geht es nicht anders. Ein Glück, dass man niemals im Voraus weiß wie im Leben ein Vorhaben verläuft. Sonst würde man von vornherein aufgeben.«

»Ich bin froh«, meinte Timmi, »dass Sie mich verstehen. Meine Mutter sagt immer ʻGeteiltes Leid ist halbes Leidʻ.«

»Ja, da ist etwas dran«, sagte Olivia und blieb prustend stehen. »Schau einmal, wer da durchs Gestrüpp schleicht.«

Brilli kam langsam auf sie zu. Erstaunt sahen sie, dass Brilli humpelte.

»Was ist denn passiert?«, fragte Olivia besorgt.

Brilli hielt ihr jaulend seine Pfote hin. Ein dicker Dorn hatte sich in seine Pfote gebohrt.

»Oh, du Armer«, sagte Olivia und versuchte den Dorn mit den Fingern herauszuziehen. Aber der Dorn stach zu fest in der Pfote. »Es hilft nichts, Brilli, ich muss im Hexenschloss eine Pinzette auftreiben. Wir sind gleich da. Ich trage dich.«

Timmi verdrehte die Augen. Er hätte Brilli auf drei Beinen laufen lassen. Und natürlich hatte er Recht behalten mit seiner Annahme, dass Brilli nichts im Hexenwald erjagen würde.

Kurz darauf passierten sie die zerfallene Schlossmauer. Müde vom langen Fußmarsch standen sie vor dem Hexenschloss. Olivia setzte Brilli ab. Sie hatte ein merkwürdiges Gefühl in ihrer Bauchgegend. Sie blickte sich um. Timmi bemerkte, dass Olivia zögerte, das Hexenschloss zu betreten.

»Was haben Sie?«, fragte er und schaute sich ebenfalls um.

»Ich weiß nicht«, murmelte Olivia. »Lass uns hineingehen. Aber sei vorsichtig.«

Sie öffnete die alte knarrende Schlosstür. Kaum war sie eingetreten, fühlte sie etwas Kaltes an ihrer Schläfe.

»Keinen Schritt weiter«, warnte sie eine Stimme, »oder Ihr seid des Todes.«

»Bitte tut uns nichts«, sagte Olivia ängstlich. »Wir sind unbewaffnet.«

»Olivia!«, rief plötzlich die Stimme. »Lasst dich umarmen.«

Olivias Beine drohten wegzuknicken und ihr Herz schien Bocksprünge zu machen.

»Christian!«, rief sie erfreut. »Du bist es wirklich.« Prinz Christian, der seinen Säbel wieder in den Schaft gesteckt hatte, umarmte erst Olivia und dann Timmi freudestrahlend. Olivia war erschrocken über das Aussehen des Prinzen. Er war abgemagert, tiefe Schatten lagen unter den dunkelbraunen Augen. Stopplige Barthaare überwucherten sein Gesicht.

»Ist Michael auch hier?« Olivia hauchte die Frage nur. Sie zitterte am ganzen Körper.

Prinz Christian räusperte sich und sagte dann leise: »Michael und ich sind, nachdem wir Glücksstadt nach Gideon abgesucht hatten, kreuz und quer über die weiße Schneelandschaft gejagt. Aber Gideon war wie vom Erdboden verschluckt. Die erste Nacht, die wir in der Kälte verbringen mussten, haben wir in einer Höhle verbracht. Ich habe tief und fest vor Erschöpfung geschlafen. Als ich früh aufgewacht bin, war Michael verschwunden und unsere Pferde auch. Ich habe keinerlei Fußspuren gefunden, weil es in der Nacht geschneit hatte.« Prinz Christian senkte den Kopf.

»Es muss Michael etwas zugestoßen sein«, wisperte Olivia und zeigte Prinz Christian ihren Ring.

»Es ist alles wie ein böser Traum«, sagte Prinz Christian traurig. »Ich bin schon seit gestern hier. Weil es geschneit hatte, konntet ihr meine Fußspuren nicht sehen. Das ganze Schloss habe ich nach der Hexe Aurelia abgesucht, aber sie scheint sich in Luft aufgelöst zu haben. Ich wollte sie um Hilfe bitten.«

»Mit dem in Luft auflösen, haben Sie, mein Herr, fast Recht, wau, wau«, mischte sich Brilli ein.

»Wer bist du denn?«, fragte der Prinz und streichelte Brilli über den Kopf.

»Ich heiße Brilli, sehr geehrter Herr Prinz, wau, wau«, bellte Brilli, »ich kann Ihnen mitteilen, dass die Hexe Aurelia leider zu Staub zerfallen ist.«

»Oh nein«, rief der Prinz, »ich dachte, sie kann mir bei meinen Problemen helfen.«

»Vielleicht helfen uns ihre Hinterlassenschaften«, sagte Olivia tröstend. »Wir finden in diesem Durcheinander bestimmt etwas, was uns dienen kann im Kampf gegen die Eisfee Undine. Denn wenn sie besiegt ist, sind alle anderen Probleme gelöst. Wenn allerdings Prinz Michael, Gideon und Emma nicht mehr leben, kommt jede Hilfe für sie zu spät.«

»Emma? Wo ist sie abgeblieben«, fragte der Prinz verwundert und schluckte. Für ihn war der Gedanke, seinen Sohn Gideon könnte etwas Schreckliches passiert sein, kaum zu ertragen. »Komm, lass uns in die Hexenküche gehen«, antwortete Olivia. »Dort erzähle ich dir alles, was seit deinem Wegritt von Glücksstadt passiert ist.«

»Ich erkunde lieber erst einmal das Schloss«, meinte Brilli und wollte losgehen. Aber da erinnerte er sich an den Dorn in seiner Pfote und begann zu winseln.

»Was ist denn mit dir?« fragte der Prinz mitleidig.

»Ich habe mir einen Dorn eingetreten«, jammerte Brilli und hielt seine Pfote hoch.

»Zeig einmal her«, sagte der Prinz und sah sich die Pfote an. »Das haben wir gleich.« Er holte aus seiner Hosentasche ein kleines Lederetui heraus. Darin befanden sich eine Schere, eine Pinzette, ein paar Nadeln und eine Rolle Garn. Geschickt und schmerzlos entfernte der Prinz mit der Pinzette den Dorn.

»Vielen Dank, sehr geehrter Herr Prinz, wau, wau«, bellte Brilli. »Das mache ich wieder gut.« Dann rannte er durch die riesige Eingangshalle und war schnell in einem der Schlossgänge verschwunden.

Olivia, Prinz Christian und Timmi gingen schnurstracks in die Hexenküche. Dort setzen sie sich auf die wurmstichigen Stühle. Olivia erzählte Prinz Christian haarklein, was seit dem Auftauchen von Trikas in ihrem heimischen Schlafzimmer geschehen war. Der Prinz hörte gebannt zu. Als Olivia Frederikes Traum schilderte, schrie der Prinz auf. »Was ist, wenn Goldhand doch lebt und in das Schloss eindringt, um Alina zu entführen.«

»Du vergisst, dass ich Alina meinen süßen Leon trotz des beängstigenden Traumes anvertraut habe, weil ich nicht daran glaube, dass Goldhand am Leben ist«, antwortete Olivia so überzeugend wie möglich. Sie verspürte ein unangenehmes Gefühl in der Magengegend, was sie aber nicht deuten konnte und verdrängte es schnell.

»Wir wollen es hoffen«, sagte Prinz Christian leise. »Was könnte uns denn von diesem verdreckten Trödelkram der Hexe von Nutzen sein?« Er sah sich ratlos um.

»Wir könnten doch im Zauberbuch der Hexe nachschlagen, ob es ein Zaubermittel gibt, mit dem es uns gelingt, die Eisfee Undine zu besiegen«, schlug Timmi vor. Ihm hatten die langen Ausführungen von Olivia ziemlich gelangweilt. Kurzzeitig war er sogar weggenickt.

»Ja, das ist ein guter Vorschlag«, stimmte Olivia zu. »Kommt, lasst uns das Hexenbuch in diesem Durcheinander suchen.« Der Prinz stellte sich mit verschränkten Armen vor das windschiefe Regal mit den konservierten Körperteilen ausgestorbener Kreaturen. »Habt ihr schon einmal etwas Grauenvolleres als diese eingeweckten Körperteile gesehen?«, fragte der Prinz angewidert. »Ich habe sie seit gestern schon ein paar Mal betrachtet und jedes Mal läuft mir ein Schauer über meinen Körper. Am gruseligsten finde ich den Finger hier.«

Vorsichtig nahm der Prinz eines der Gläser vom Regal und hielt es mit Abscheu hoch.

Olivia kam hinzu und meinte fachkundig, als sie den Finger, der in einer grünlichen Flüssigkeit eingelegt war, begutachtete: »Das ist gewiss ein Finger eines Mädchens. Er ist zwar ziemlich riesig für ein Mädchenfinger, aber er ist schmal und zart.«

»Wer mag dieses Mädchen gewesen sein?«, fragte Timmi neugierig.

»Das werden wir wohl nie erfahren«, antwortete der Prinz und wollte das Glas wieder auf das Regal stellen. Aber noch bevor er es abgestellt hatte, kamen die Gläser ins Rutschen. Die alten, rostigen Haken lösten sich aus der Wand.

»In Deckung«, schrie Olivia entsetzt.

Die drei stoben aus der Küche heraus. Klirrend und scheppernd fielen die Gläser auf die vermoderten Holzdielen. Es zischte und knallte. Übelriechender Dampf kam Olivia, Timmi und dem Prinzen entgegen, der in seiner schweißnassen Hand noch das Glas mit dem Finger hielt.

Olivia sagte hustend: »Lasst uns erst noch woanders nach etwas Brauchbarem suchen. Ich habe in der Hexenküche das Hexenbuch nicht finden können, obwohl ich mich erinnere, dass es Aurelia immer in einem ihrer verstaubten Regale aufbewahrte.«

»Ich weiß, wo es ist, wau, wau.« Brilli kam angerannt, blieb aber ruckartig stehen. »Puh, das stinkt ja widerlich.«

»Du hast das Hexenbuch gefunden?«, fragte Olivia und streichelte Brilli über dem Kopf, was Timmi zum Augenverdrehen veranlasste.

»Ja, es lag unter Aurelias Überresten«, antwortete Brilli stolz. »Als ich ihren muffigen, grünen Umhang zur Seite geschoben habe und mich durch die Asche gewühlt habe, kam es zum Vorschein. Das zerfledderte Riesending war mir aber zu schwer, um es hierher zu bugsieren.«

»Na, dann lasst uns ins Schlafgemach der Hexe gehen«, sagte Olivia beschwingt.

Prinz Christian stellte das Glas mit dem Finger angewidert ab und folgte Olivia mit Timmi. Auf dem zerschlissenen Bett der Hexe lag ihr ramponiertes Hexenbuch. Zu dritt stürzten sie sich darauf. Sie schlugen es auf. Einige der Seiten zerbröselten sofort beim Umschlagen.

»Vorsichtig«, ermahnte der Prinz Timmi. Aber jede der Seiten, die Timmi auch nur anfasste, zerfiel sofort in kleinste Papierteilchen. Nur die letzte Seite blieb erhalten.

»Das ist Jammerschade, dass die kostbaren Seiten, außer die letzte, verloren sind«, sagte Olivia bedauernd. »Lasst uns den kläglichen Rest des Hexenbuches mit in die Küche nehmen. Dort ist es heller. Hier können wir sowieso die winzige Schrift nicht entziffern.«

Alle der vergilbten Seiten waren mit großer lesbarer Schrift beschrieben gewesen. Ausgerechnet auf der letzten Seite waren nur drei Zeilen mit winzigen Buchstaben abgedruckt.

Das Riesenmädchen Gigantila

Schnell gingen die drei die dunklen Schlossgänge zurück. Brilli war wieder auf Erkundungstour gegangen. An der Tür der Hexenküche blieben Olivia, der Prinz und Timmi erst einmal entsetzt stehen. Auf den nassen, klebrigen Holzdielen lagen die konservierten Körperteile der verschiedensten Kreaturen herum.

»Das ist ja wie in einem Gruselkabinett«, rief Timmi. Trotzdem ging er mutig in die Küche und schob dabei mit dem Fuß Knochen, Zähne und Eingeweide beiseite. Als er sich so den Weg zu dem wackligen Tisch gebahnt hatte, legte er aufgeregt das Hexenbuch darauf. Prinz Christian und Olivia überwanden ihren Ekel und betraten auch die Küche. Der Prinz hatte auf einem der anderen Regale ein verdrecktes Vergrößerungsglas entdeckt. Das gab er Timmi.

»Nun zeige uns deine Lesekünste«, forderte Olivia ihren ehemaligen Schüler auf.

Timmi wischte zunächst den Staub von dem Vergrößerungsglas und las danach fließend vor: »Wenn über dem Zauberreich Salomè der Bann einer Eiszeit liegt, hervorgerufen durch die Eisfee Undine, kann nur ein Kind, dessen Herz rein und unschuldig ist, die Eiszeit beenden. Dieses Kind allein kann den Eisklumpen in der Brust der Eisfee zum Schmelzen bringen. Im selben Augenblick weicht die Kälte aus Salomè.«

Timmi blickte nach oben. Olivia war erst einmal sprachlos. Auch der Prinz fand zunächst keine Worte.

»Vielleicht bin ich dieses Kind. Fee Sardine hat doch vorausgesagt, dass ein Kind aus unserem Land die Eisfee besiegen wird«, durchbrach Timmi das Schweigen und reckte sich. Es käme ihm gelegen, wenn er als Held gefeiert werden würde. Zweimal war er bereits durch das Zauberreich gereist, aber die entscheidenden Siege über das Böse waren ihm noch nicht vergönnt gewesen. Er musste sich stets mit Nebenrollen zufrieden geben. Als Frederike die Hexe Aurelia mit dem Schwert der Wahrheit besiegte, rang er mit dem Tode. Und vor ein paar Monaten, als Emma Goldhand den Zaubertrank einflößte, der ihn in den Riesenvogel Goldfeder verwandelte, war er durch einen Zauber bewegungsunfähig gewesen. Nun war er bereit für große Taten. Damit konnte er bestimmt bei den Mädchen seiner Klasse Eindruck schinden. Die nahmen einfach keine Notiz von ihm, vor allem deshalb, weil sie fast alle einen Kopf größer waren als er.

Prinz Christian rannte aus der Hexenküche heraus. Er ahnte nichts von den heldenhaften Gedanken Timmis und hatte eine ganz andere Pläne. Mit glänzenden Augen kam er mit dem Glas, in dem der Finger eingelegt war, zurück.

»Vielleicht muss dieses Kind erst einmal zum Leben erweckt werden«, sagte er aufgekratzt. »Welches lebende Kind ist schon vollkommen unschuldig. Kein Kind ist bloß ein Engel. Ein paar Dummheiten macht doch jedes Kind, wenn es heranwächst. Aber ein Kind, welches gerade geboren wurde, ist noch ganz rein und unverdorben.«

»Ja, das ergibt einen Sinn. Ich bin lange genug Lehrerin, um zu wissen, dass Kinder manchmal sehr gemein sein können. Wie willst du aber dieses Kind zum Leben erwecken?«, fragte Olivia, die vor Aufregung rote Wangen bekam und erst einmal ihre Skijacke auszog.

Die Antwort des Prinzen ging in einem wilden Gebelle und lautstarkem Miauen unter. Trikas raste wie ein Wirbelwind durch die Küche, Brilli mit heraushängender Zunge hinterher. Die Hetzjagd dauerte an. Zwei der wurmstichigen Stühle fielen krachend um. Das war dem Prinzen zuviel. Er stellte sich Brilli in den Weg und rief: »Halt! Euer Hund- und Katzspiel ist hiermit beendet.«

»Der Köter hat es auf mich abgesehen, miau«, meldete sich Trikas außer Puste zu Wort, »obwohl ich ihm nichts angetan habe. Ich kann doch nichts dafür, dass ich als Kater auf die Welt gekommen bin. Nur weil es so üblich ist, dass sich Hund und Katze bekriegen, jagt er mich sinnlos. Warum können wir keine Freunde sein?« »Weil mich die anderen Hunde für verrückt erklären würden, wau, wau«, bellte Brilli erbost über einen solchen Vorschlag.

»Wir haben keine Zeit für Geschwätz«, drängte der Prinz ungeduldig. »Wir müssen einen Hinweis finden wie wir aus diesem Finger ein Kind hervorzaubern können.«

»Nichts leichter als das, miau«, meldete sich Trikas zu Wort. »Schließlich habe ich bei der Hexe Aurelia gelebt und weiß, dass ihr für euer Vorhaben Wachstumstropfen benötigt. Und die findet ihr auf einem ihrer Regale.«

Olivia stürzte zu dem windschiefen Holzregal mit den vielen großen und kleinen dickbäuchigen Glasflaschen. In den Flaschen waren Flüssigkeiten in den sonderbarsten Farben abgefüllt. In manchen Flaschen schwammen ekelerregende Flocken.

»Aber in welcher der Flaschen sind die Wachstumstropfen?«, fragte Olivia und schob die Flaschen unwirsch hin und her.

»Vorsichtig!«, rief der Prinz. Aber es war zu spät. Die Flaschen kamen ins Rutschen und die ersten zersprangen schon auf den vermoderten Holzdielen. Lilafarbene, nach verfaulten Eiern riechende Rauchwolken stiegen empor und erschwerten die Sicht.

Aber Trikas war flink und fing eine der Flaschen auf. »Ich habe die Wachstumstropfen, miau«, rief er glücklich.

Flugs musste er zur Seite springen, denn nun platschten alle Flaschen nach unten, da das Regal nur noch an einem Haken hing. Der andere Haken war aus der maroden Wand gebrochen.

»Danke, Trikas«, sagte der Prinz erleichtert. »Wenn du nicht gewesen wärst, könnten wir jetzt nicht das Kind zum Leben erwecken, welches vielleicht dazu bestimmt ist, Salomé von der Eiszeit zu befreien. Aber sag einmal, was hast du hier im Schloss gesucht. Und wo ist Kasimir? Olivia hat doch erzählt, dass ihr vor Brilli Reißaus genommen habt.«

»Wir sind nicht weit weggerannt, sondern haben uns versteckt und alles beobachtet. Mein Vater ist auf dem Weg nach Trollhausen, weil er auskundschaften will, was die Eisfee Undine mit Lukas vorhat. Ich wollte nicht mit nach Trollhausen laufen. Ich hatte so ein Gefühl in mir, welches mich zurück ins Hexenschloss trieb«, antwortete Trikas.

Der Prinz strich Trikas über das schwarze, glänzende Fell an seinem Kopf und sagte: »Da hattest du ja den richtigen Riecher gehabt. Denn ohne dich wären wir aufgeschmissen gewesen.« Er schraubte das Glas mit dem Finger auf. Angewidert drehte er seinen Kopf weg. Auch Olivia und Timmi rümpften die Nase.

»Ihr müsst den Finger aus der Flüssigkeit nehmen und ihn auf den Tisch legen«, erklärte Trikas. »Dann schüttet ihr ganz langsam die Wachstumstropfen darüber.«

Der Prinz goss die grüne Flüssigkeit auf die Holzdielen, die mit Brandflecken und klebrigen Pfützen übersät waren. Den Finger ließ er in die Mitte des Tisches rollen. Timmi musste bei diesem Anblick seinen Würgereiz unterdrücken.

Olivia öffnete die kleine bauchige Flasche mit den Wachstumstropfen. Sie ließ langsam einige Tropfen der gelben, flockigen Flüssigkeit auf den Finger fallen. Plötzlich wuchs an dem Finger eine Hand. Doch die Hand wurde so groß wie der Tisch, der im gleichen Augenblick unter der Last der riesigen Pranke zusammenbrach.

»Lasst uns verschwinden, irgendetwas stimmt hier nicht! Das ist doch kein Kind!«, schrie Olivia ängstlich. Die Wachstumtropfen glitten ihr vor Schreck aus der Hand. Sie stürzte aus der Küche. Der Prinz und Timmi rannten ihr kopfüber hinterher. Nur Trikas war nicht in der Lage sich zu bewegen. In seinem Körper knackte es und ihm war, als ob er jeden Moment explodieren würde.

Olivia blieb keuchend in der Eingangshalle stehen, als ein lauter Knall die Schlossmauern erschütterte. Es hörte sich so an, als ob eine der Wände eingerissen wurde.

»Stürzt das Hexenschloss etwa ein?«, fragte Timmi bibbernd.

Dann hörten Olivia, der Prinz und Timmi Schritte, die auf sie zukamen. Jeder der Schritte ließ die Schlossmauern erzittern. Gelähmt vor Angst blieben die drei stehen. Die Schritte kamen näher. Ein dunkler Schatten fiel auf sie. Timmi entglitten alle Gesichtszüge. Olivia blickte mit offenem Mund nach oben. Der Prinz sagte mit zitternder Stimme: »Das kann doch nur ein Traum sein. Wir haben ein Riesenkind auferstehen lassen. Bestimmt über sechs Meter groß.«

Plötzlich fing Brilli, der sich hinter Olivia versteckt hatte, wild mit Bellen an. Dann raste er blitzschnell los und war sogleich vom Dunkel der Schlossgänge verschluckt. Jetzt erst sahen Olivia, der Prinz und Timmi den Grund seiner Panik. Sie brachten kein Wort über die Lippen.

Hinter dem freundlich grinsenden Riesenmädchen lief Trikas. Aber der niedliche Kater war zu einem Riesenkater mutiert. Er war so groß wie ein Pferd. Trikas ließ seinen riesigen Kopf mit den Barthaaren, die so lang und spitz waren wie die Borsten eines Stachelschweins, nach unten hängen und sah ganz unglücklich aus.

Kläglich miaute er: »Schaut, was aus mir geworden ist. Ein Monstrum. Mein armer Vater Kasimir wird, wenn er mich erblickt, Reißaus nehmen.«

Olivia wisperte stotternd: »Tut, tut mir Leid. Mir sind die Wachstumstropfen aus den Händen gerutscht. Ich mache es wieder gut. Ich weiß bloß noch nicht wie.«

»Na ja, miau«, maunzte Trikas, »ein Gutes hat die Sache. Dieser Köter hatte endlich mal Angst und ist zur Abwechslung vor mir ausgebüchst.«

»Für mich bist du nicht zu groß«, sagte auf einmal das Riesenmädchen und nahm Trikas mit ihren Pranken hoch. Zärtlich streichelte sie den Kater über sein außergewöhnliches Fell.

»Sehen alle Katzen so aus, als ob sie aus zwei Hälften zusammengesetzt sind?«

»Nein«, schnurrte Trikas und rieb seinen Kopf an den roten flauschigen Pullover des Mädchens. »Ich bin eine Rarität.«

»Oh, ich liebe Raritäten«, sagte das Mädchen erfreut, obwohl es nicht wusste, was dieses Wort bedeutete. »Ich ernenne dich hiermit zu meinem Freund.«

»Wie ist deine Name?«, traute sich Olivia zu fragen.

»Ich heiße Gigantila«, antwortete das Riesenmädchen.

»Wie alt bist du?«, fragte Olivia weiter.

»Ich bin acht Jahre alt.«

»Woher weißt du das, wenn du gerade erst auferstanden bist?«, fragte der Prinz neugierig.

»Ich kann darauf keine Antwort geben«, antwortete Gigantila nachdenklich. »Ich höre die Frage und schon weiß ich die Antwort.«

»Kannst du die Eisfee Undine besiegen?«, fragte Timmi, dem das Riesenmädchen nicht geheuer war.

»Die Eisfee Undine ist zwar eine böse, hartherzige Frau«, antwortete Gigantila. »Doch ich kann sie besiegen.«

»Wie willst du das anstellen?« Timmi wurde allmählich wütend, weil Gigantila so siegessicher war. Sie war zwar riesig, aber die Eisfee hatte bestimmt die Macht, sie in eine Ameise zu verwandeln.

»Ich besiege sie mit Liebe. Die Liebe taut ihr Herz aus

Eis auf. Dann ist von der Eisfee nur noch ein nasser Fleck übrig.«

Timmi prustete los. »Das ist das Verrückteste, was ich je gehört habe. Nur mit Waffen oder mit einer Zauberei kann man das Böse besiegen, aber doch nicht mit Liebe.« Er schüttelte sich vor Lachen.

Gigantila schaute betrübt zu Boden. Die Worte von Timmi taten ihr weh. Sie hatte ehrlich geantwortet und nun wurde sie ausgelacht.

»Du solltest nicht so vorlaut sein«, tadelte Olivia Timmi.

»Ja, genau«, pflichtete Prinz Christian Olivia bei. »Manchmal braucht man keine Waffen zum Kämpfen. Jedes menschliche Wesen braucht Liebe, sonst kann es gar nicht existieren. Bei der Eisfee Undine ist die Liebe eingefroren, nur deshalb kann sie so böse sein. Wenn Gigantila in der Lage ist, ihr Herz aufzutauen, unterstütze ich sie wie ich nur kann.«

Timmi guckte schmollend zum Boden. In seinem Kopf wirbelten die Gedanken. Nun stellten sich Olivia und der Prinz auf die Seite dieses Riesenmädchens. Langsam bekam er Wut auf Gigantila. Sollte ihm wieder ein Mädchen beim Kampf gegen das Böse die Show stehlen? Aber so leicht wollte er sich nicht aus dem Spielgeschehen drängen lassen. Ihm würde schon etwas einfallen wie er ein ganz Großer werden konnte.

Er hob den Kopf und fragte: »Was machen wir denn nun als Nächstes?«

»Darüber habe ich auch schon nachgedacht«, antwortete Olivia. »Wie wäre es, wenn wir gemeinsam mit Gigantila nach Trollhausen gehen? Dort kann unser Riesenmädchen versuchen, mit der Eisfee Undine Freundschaft zu schließen. Wir bleiben erst einmal im Hintergrund, um zu beobachten wie sich die Bande zwischen der Eisfee und Gigantila entwickeln.«

»Das ist ein guter Vorschlag«, meinte der Prinz, »wenn etwas schief läuft, können wir dann eingreifen.«

»Schließlich müssen wir uns auch um Lukas kümmern. Und Barnabas finden«, sagte Timmi.

»Und da sind Emma, Prinz Michael und Gideon, die verschwunden sind und wir nicht wissen, wie es ihnen geht«, fügte Olivia bedrückt dazu und drehte bedächtig ihren Ring mit dem grau gefärbten Herz hin und her.

»Ich denke auch an Alina, die in Glücksstadt Leon beschützt und sich um Frederike kümmert«, sagte der Prinz. »Ob die kleine lebenslustige Susi schon wieder zu einem Stück zusammengenäht wurde von unserem verehrten Schneider?«

»Es gibt viele Fragen ohne Antworten«, seufzte Olivia. »Was uns demnächst erwartet, wissen wir nicht im Geringsten. Trotzdem reißen wir uns jetzt zusammen. Wir holen unsere Sachen und anschließend verlassen wir das Hexenschloss.«

Gigantila riss die vermoderte Schlosstür aus den Angeln und trat ins Freie. Sie sah nun das erste Mal in ihrem Leben Schnee. Sie bückte sich und hob eine Handvoll des frisch gefallenen Pulverschnees auf.

»Huh, kalt«, schrie sie und ließ den Schnee fallen. Sie schüttelte heftig ihren Kopf, so dass ihre schwarzen, halblangen Haare kräftig durchgeschüttelt wurden.

»Schnee ist immer kalt, denn die Schneekristalle bestehen aus gefrorenem Wasser«, belehrte Trikas Gigantila.

»Ich zittere schon, weil es so kalt ist«, sagte Gigantila unglücklich und rieb ihre Riesenhände aneinander.

»Komm, fange mich, dann wird dir warm, miau«, rief Trikas und galoppierte durch den Schnee.

Gigantila rannte jauchzend hinterher. Olivia, der Prinz und Timmi kamen dick eingemummt und mit ihren Rucksäcken beladen aus dem Schloss heraus.

»Na, die haben aber jede Menge Spaß«, meinte Timmi trocken. Auf Gigantila begann er richtig eifersüchtig zu werden. Er machte sich jede Menge Gedanken darüber wie die Eisfee Undine am besten zu besiegen ist und das Riesenmädchen spielte sorglos Hasche.

»Kommt, ihr beiden«, rief Olivia der atemlosen Gigantila und den wild ausschlagenden Trikas zu. »Wir marschieren jetzt nach Trollhausen. Und links, zwei, drei, vier!« Übermütig stapfte sie durch den Schnee, obwohl ihr Herz schwer wie Blei war. Aber das sollte keiner merken.

Goldhands gewissenlose Machenschaften

Der Zauberer Goldhand flog majestätisch über Glücks-stadt hinweg. Keine Menschenseele war auf der Straße zu sehen. Ab und zu tauchte ein Untergebener des Polizei-chefs Wolfhard auf. Die aufrechtgehenden Hunde ver-hinderten, dass wahllos in Läden eingebrochen wurde. Es gab zwar keine Lebensmittel mehr zum Stehlen, aber ein paar teure Kleider und Schmuck konnten die Diebe vielleicht irgendwann einmal in Goldtaler umsetzen. Einige Läden waren trotz Polizeischutzes ausgeraubt worden, da die Hunde nicht überall gleichzeitig sein konnten.

Der extravagante Laden des Schneiders Karl Boni-fatius auf der Einkaufsmeile der Hauptstraße blieb von Einbrüchen verschont, da der Polizeichef persönlich den Laden schützte. Mit dem bärenstarken und schwer be-waffneten Wolfhard wollte sich keiner der Ganoven an-legen. Wolfhard patrouillierte seit Ausbruch der Eiszeit ständig zwischen dem Stadttor und dem Schneiderladen hin und her. In Friedenszeiten, wenn keine Hundepolizei benötigt wurde, lebte er als Haustier bei dem schmäch-tigen Schneider, der ihn über und über mit Leckerbissen verwöhnte. Aber sowie böse Mächte Salomè beherrsch-ten, war es mit dem Faulenzerleben Wolfhards vorbei.

Die Menschen in den Nebenstraßen von Glücksstadt waren vor dem Ausbruch der Eiszeit mit ihrem Leben immer zufriedener geworden. Die Prinzessin Alina und ihr Gemahl Prinz Christian hatten während ihrer Amtszeit in den letzten Monaten die Lebensverhältnisse der armen Menschen stark verbessert. Sie hatten schon etliche der grauen Häuser neu streichen lassen, so dass sie sich kaum mehr von den schicken Villen der Hauptstraße unterschieden. Außerdem konnten sich die Menschen auf Kosten der Prinzessin Alina billig neue Möbel und Kleidung kaufen. Die Prinzessin hatte auch die Löhne der Menschen angehoben, so dass sie mehr Goldtaler in einem Monat zur Verfügung hatten. Dafür hatte sie den Großteil der Schatzkammer ihres verstorbenen Vaters geopfert. Allerdings gab es immer noch Ganoven, die nie zufrieden zu stellen waren und jede sich bietende Gelegenheit nutzten, um zu stehlen.

Wolfhard war mit der zerfledderten Trollpuppe Susi auf dem Weg zu dem Schneiderladen. Den Leibarzt der Prinzessin hatte er schon aufgesucht und ihn mit seinem Behandlungskoffer in das Schloss geschickt, damit er die schwer verletzte Frederike versorgen konnte. Dass er schon die ganze Zeit von aufmerksamen Adleraugen verfolgt wurde, bemerkte der sonst so umsichtige Wolfhard nicht. Zu sehr war er in Gedanken versunken. Ihm taten Frederike und Emma sehr Leid. Und natürlich lag ihm auch das Wohlergehen der kleinen Susi am Herzen, auch wenn sie nur aus Stoff war.

Endlich war er am Schneiderladen angelangt. Über der Eingangstür aus blank geputztem Glas war eine große goldene Schere angebracht. Als Wolfhard die schwere Eingangstür öffnete, war ein heller Glockenklang zu vernehmen.

Als der Adler sah, dass Wolfhard den Schneiderladen

betrat, drehte er beruhigt ab, um ins Schloss zu fliegen. Nun wusste er, dass er genügend Zeit hatte, um seine Mission zu erfüllen, denn Wolfhard würde vorerst nicht im Schloss auftauchen.

Goldhand überflog prüfend den Schlosspark. Er witterte keine Gefahr und landete in der Nähe des zugefrorenen Springbrunnens. Dort nahm er seine Menschengestalt an. Unbehelligt erreichte er das gelbe Schloss. Er ging vorsichtig die rutschigen Stufen zum Schlosseingang hoch und öffnete mit klopfendem Herzen die schwere Schlosstür. In der Eingangshalle konnte er keine Wachen erspähen. Geduckt schlich er zur Treppe, die er langsam emporstieg.

Als er die obere Etage erreicht hatte, hörte er Stimmengemurmel. Da er sich im Schloss auskannte, wusste er, dass es aus dem Thronsaal kam. Gleich bist du des Todes, Prinzessin Alina, dachte er hämisch, als er vor der Thronsaaltür stand.

Er drückte die Klinke hinunter und machte die Tür einen Spalt weit auf, so dass er seinen Kopf hindurch stecken konnte. Was er sah, machte ihn glücklich. Prinzessin Alina saß in ihrem Thronsessel und gab einem Baby die Flasche.

Leise schloss er die Tür wieder, weil er Schritte hörte, die auf ihn zukamen. Ein rundlicher, kleiner Mann mit einer schwarzen Ledertasche tippelte den Gang entlang. Es war der Leibarzt der Prinzessin, der Frederike so gut wie möglich medizinisch versorgt hatte. Aber sie war trotz der redlichen Bemühungen seinerseits noch nicht aus der Bewusstlosigkeit aufgewacht.

Goldhand versteckte sich schnell hinter der Ritterrüstung, die neben der Thronsaaltür stand.

Er murmelte hastig einen Zauberspruch. Kaum hatte er ihn ausgesprochen, hielt der besorgt dreinblickende Leibarzt mitten im Laufen inne, denn Goldhand hatte ihn bewegungsunfähig gezaubert. Nur mit den Augen konnte er noch rollen.

Goldhand kam aus seinem Versteck mit einem überheblichen Grinsen hervor. Wieder drückte er die Türklinke zum Thronsaal hinunter, diesmal aber ohne Vorsicht walten zu lassen.

Beschwingt rannte er mit funkelnden Augen in den Thronsaal. Prinzessin Alina, die Leon gerade auf dem Arm hatte, damit er sein Bäuerchen machen konnte, schaute schreckensbleich zu Goldhand. Kein Wort brachte sie vor Entsetzen hervor.

»Gib mir den Balg!«, schrie Goldhand.

Prinzessin Alina drückte Leon ganz fest an sich und rief: »Nur über meine Leiche!«

»Wie du willst, holde Prinzessin!«, antwortete Goldhand höhnisch und murmelte einen Zauberspruch.

Prinzessin Alina wurde es schwarz vor Augen. Sie fühlte, dass ihre Kräfte schwanden.

»Verzeih mir, kleiner Leon«, flüsterte sie mit blutleeren Lippen. Ihr Kopf fiel zur Seite. Schnell sprang Goldhand auf sie zu und fing den schreienden Leon auf, der aus Alinas schlaffen Armen rutschte.

»Hör auf zu plärren«, schrie Goldhand Leon an. Aber Leon schrie aus Leibeskräften.

»Oh, du Schreihals, wenn sich die Eisfee nicht persönlich um dich kümmern wollte, würde ich dich auf der

Stelle in eine Kröte verwandeln«, rief Goldhand genervt. Dann murmelte er einen Zauberspruch. Dabei traten ihm vor Anstrengung die Adern aus den Schläfen heraus und Schweiß tropfte ihm von der Stirn.

Leon hörte ruckartig mit dem Schreien auf. Verwundert ruderte er mit seinen kleinen Ärmchen in der Luft herum, aber kein Laut kam mehr aus seiner Kehle.

»Endlich Ruhe«, frohlockte Goldhand böse. Aber er fühlte sich schwach. Die ausgesprochenen Zauber hatten an seinem Körper gezehrt. Er sah um Jahre gealtert aus. Tiefe Falten zierten sein schmales Gesicht und seine schwarzen glänzenden Haare, die er in einem Zopf zusammengebunden hatte, durchzogen graue Strähnen. Früher erlitt er durch seine üblen Zaubereien keinen körperlichen Verfall, weil ihm durch den Kristall der Hoffnung immer neue Kräfte zugeflossen waren.

Nun wollte er keine Zeit mehr verlieren und verließ mit Leon im Arm das Schloss. Er hatte gar nicht daran gedacht, dass er sich für den Rückweg nach Trollhausen nicht in einen Adler verwandeln konnte. Das Baby war zu schwer. Krampfhaft überlegte er nun, wie er am besten ohne Anstrengung zu der Eisfee Undine zurückkommen konnte. Plötzlich hellte sich sein Gesicht auf. Er würde reiten. Welchen Zauberspruch hatte die Eisfee für das Herbeirufen von Minkus benutzt? Goldhand versuchte sich zu erinnern. »Komm herbei, Schimmel, eins, zwei, drei«, sagte er und zog seine Stirn in Falten, »komm herbei, schnell wie ein Sturmwind, damit du tragen kannst ein Kind. Komm herbei, eins, zwei, drei!«

Gespannt öffnete Goldhand die Schlosstür. Aber er konnte kein Hufgetrampel vernehmen. Der Zauberspruch hatte keinen Erfolg gebracht. Goldhand dachte noch einmal nach. Die herausgetretenen Adern an seinen Schläfen verfärbten sich dunkelrot. Nach einer Weile rief er: »Komm herbei, Schimmel, eins, zwei, drei. Komm herbei, schnell wie ein Sturmwind, damit du tragen kannst ein Kind. Du bist mir treu ergeben und riskierst für mich dein Leben.«

Kaum hatte er das letzte Wort ausgesprochen, kam Minkus angaloppiert. Vor der Schlosstreppe blieb er stehen und stieg nach oben. »Die Eisfee Undine erwartet dich schon sehnsüchtig mit dem Baby«, wieherte er.

Goldhand schwang sich schwerfällig auf Minkus. Er fühlte sich um Jahre gealtert. Minkus preschte davon. Im Nu standen sie vor dem Feenschloss in Trollhausen. Goldhand rutschte von Minkus hinunter. Leon, den Goldhand in seinen dunkelroten Umhang gewickelt hatte, schien es gut zu gehen, denn er freute sich.

»So, du Balg«, sagte Goldhand böse, »gleich wird dein Lachen eingefroren.«

Die Eisfee kam aus dem Schloss geflitzt. »Endlich tauchst du wieder auf«, rief sie. »Gib mir das Baby.«

Goldhand reichte ihr Leon. Undine nahm Leon an sich, denn sie wollte ihn sofort in eine Eisstatue verwandeln. Leon sah die Eisfee mit seinen großen, braunen Augen lachend an.

Plötzlich verspürte die Eisfee einen Stich in ihrem Herzen.

»Nimm mir das Kind ab«, schrie sie ungehalten.

Goldhand stürzte auf die Eisfee zu und riss ihr Leon aus den Armen. Undine fasste sich an ihr Herz und rang nach Luft.

»Was ist mit dir?«, fragte Goldhand ängstlich.

»Lass mich bloß in Ruhe«, antwortete die Eisfee stöhnend. »Schaffe mir das Kind aus den Augen. Ich will es nie wieder sehen.« Gebeugt ging die Eisfee ins Schloss.

»Was soll ich denn mit dem Wanst anfangen?«, schrie Goldhand ihr hinterher. Aber die Eisfee gab ihm keine Antwort.

Goldhand rief genervt nach Minkus. Er wickelte Leon wieder in seinen Umhang ein und schwang sich auf den Schimmel. Er wies dem Schimmel den Weg zu der Höhle, in der einst der Kristall der Hoffnung gestanden hatte. Dorthin wollte er Leon bringen und ihm da seinem Schicksal überlassen. Mit einem Zauber wollte er die Sache nicht regeln, da ihm dafür seine ohnehin schwindende Kraft zu kostbar war. In der Höhle würde das Baby sowieso nicht lange ohne Fürsorge überleben.

Minkus hatte in kürzester Zeit den Höhleneingang erreicht. Goldhand rutschte von dem weichen Pferderücken hinunter und sagte: »Du wartest hier auf mich. Ich bin gleich wieder da.«

Er verschwand im Dunkel der Höhle und legte Leon auf einen Strohhaufen, den er entdeckt hatte. Leon ruderte hilflos mit seinen Armen. Aber Goldhand interessierten nur die bunten Kristalle in der Höhlenwand. Andächtig strich er über die funkelnden Steine.

Wehmütig dachte er an die vergangene Zeit, als er ein großer Zauberer gewesen war und er die Befehle erteilen konnte. Nun war er nur noch der Handlanger der Eisfee. Nicht einmal seine Seele gehörte ihm noch. Aber dann besann er sich. Ohne die Eisfee wäre er überhaupt nicht am Leben. Er holte tief Luft. Über die unbehaglichen

Umstände wollte er nicht mehr nachdenken. Vielleicht ergab sich ja in seinem Leben noch eine Chance wie er wieder zu seinen alten Kräften fand.

Minkus scharrte schon ungeduldig mit den Hufen, als Goldhand aus der Höhle heraustrat.

Schnell schwang er sich auf den Rücken des Schimmels. Gerade wollte er losreiten, als er Stimmen hörte.

Er glitt wieder von Minkus hinunter und hielt Ausschau. Er traute seinen Augen nicht. Da kamen doch tatsächlich seine Feinde auf die Höhle zu. Aber wen hatten sie da im Schlepptau? Das musste ein Nachkomme von den ausgestorbenen Riesen sein. Und was war das für ein seltsames Pferd, welches hinter dem Riesenmädchen trabte?

Wut stieg in Goldhand auf, weil er so schwach war. Ihm fehlte die Kraft, sich gegen seine Feinde zu stellen. Er konnte nur zum Feenschloss zurückreiten und die Eisfee um Hilfe bitten. So schwang er sich frustriert auf Minkus und ritt im rasendem Galopp davon.

Die Eisfee schien sich wieder erholt zu haben, denn sie empfing Goldhand mit angewinkelten Armen und rief böse: »Du Unseliger, wo treibst du dich so lange herum? Wir wollen endlich nach Glücksstadt fliegen. Ich muss dort selbst nach dem Rechten sehen, auch wenn ich mein Leben riskiere. Dein Kindereintreiber hat kläglich versagt und ist nun leider eine Eisstatue.«

»Halt, meine Liebe«, besänftigte Goldhand die Eisfee, »nicht so eilig. Ich habe gar nicht so weit von Trollhausen entfernt einige Gestalten entdeckt, die uns Scherereien bereiten könnten.«

»Wer würde es wagen, sich mir gegenüber stellen zu wollen?«, fragte die Eisfee überheblich.

»Es sind Prinz Christian und eine junge Frau aus dem fernen Land. Sie haben zwei Kinder dabei und ein sehr ulkiges Pferd«, antwortete Goldhand. »Und eins von den Gören scheint ein Nachkomme der ausgestorbenen Riesen zu sein. Diese Riesengöre ist bestimmt ihre sechs Meter groß.«

Die Eisfee kam ins Grübeln. Sie musste sich etwas ausdenken, um zu verhindern, dass die Frau und Prinz Christian mit den Kindern Trolllhausen erreichten. Ihre Miene hellte sich schnell auf.

»Ich weiß, wie ich die Eindringlinge aufhalten kann«, sagte sie und rieb sich vor Freude die Hände. »Ein Schneesturm wird sie in alle Winde wehen.«

»Ja, das ist eine tolle Idee«, pflichtete Goldhand bei. Er bemerkte, dass wieder Wut in ihm hochstieg. Aber er wusste nicht, ob es Wut auf die Eisfee war oder auf sich, weil er nicht die Kraft hatte, einen Schneesturm aufzubeschwören.

Die Eisfee bemerkte nichts von Goldhands innerem Aufruhr. Sie war viel zu sehr mit ihren eigenen Problemen beschäftigt. Der Anblick des Babys hatte ihr gezeigt wie verletzlich sie war. Und sie hatte einen Vorgeschmack davon bekommen, welche Macht ein Kind über sie haben kann. Sie konnte es zwar nicht beim Namen nennen, was es für eine Kraft war. Aber irgendetwas war ihr mitten ins Herz gefahren, als sie in das Gesicht des Babys geschaut hatte, das so unschuldig gelächelt hatte trotz seiner misslichen Lage.

»Komm mit ins Schloss«, forderte sie Goldhand barsch

auf. »Sonst weht es dich nachher sonst wo hin und du bist nicht da, wenn ich dich brauche. Und du, mein Schimmel, musst auch mit ins Schloss kommen, denn auch für dich könnte es gefährlich werden.«

Minkus erklomm die Stufen zum Feenschloss und stellte sich bereitwillig in die Eingangshalle. Undine ging mit Goldhand in den Festsaal. Die Eisfee stellte sich mitten in den Saal und reckte die Arme nach oben. Sie schloss die Augen und rief: »Schneeflocken, Schneeflocken, von nah und fern, ich habe euch gern. Tanzt im Sturm wild auf und nieder, über Stunden immer wieder. Gebt erst nach, wenn ich erwach. Dann ist der Spuk aus und ihr könnt nach Haus.«

Kaum hatte die Eisfee die Worte ausgesprochen, fegte ein zerstörerischer Schneesturm über Salomè.

»Hörst du den Sturm pfeifen, Goldhand?«, rief die Eisfee entzückt. »Das ist Musik in meinen Ohren. Jetzt können wir uns zur Ruhe begeben. Morgen früh fliegen wir nach Glücksstadt. Niemand wird uns dann im Wege stehen.« Undine ließ ein schrilles Lachen ertönen.

Ein überraschendes Zusammentreffen

Olivia und ihre Begleiter hatten gerade die Höhle passiert als sie ein gewaltiges Pfeifen hörten.

»Was ist das?«, schrie Timmi entsetzt.

Gigantila drehte sich ängstlich um und reckte ihren Hals, um weit über die weiße Einöde schauen zu können. »Da kommt etwas Großes auf uns zu!«, schrie sie.

»Wir müssen schnell Schutz in der Höhle suchen!«, rief Prinz Christian.

Hektisch hasteten sie auf die Höhle zu. Keinen Moment zu früh hatten sie den sicheren Unterschlupf erreicht, denn nun versperrte ein undurchsichtiger Flockenwirbel den Höhleneingang. Eisiger Wind pfiff über die Felsen hinweg und bog die Äste der wenigen kahlen Bäume, die in der trostlosen Gegend standen, bis auf die immer höher werdende Schneedecke hinunter. Viele der Äste brachen ab und wirbelten wie Wurfgeschosse durch das Schneegewirr.

Gigantila musste allerdings auf allen Vieren ihren Weg fortsetzen. Die Höhlendecke war nicht hoch genug für das Riesenmädchen. Sie nahm es mit Humor und sagte: »Lieber auf Knien laufen, als durch die Luft geschleudert zu werden.«

»Da draußen hätten wir keine Chance gehabt«, sagte Olivia leise. Dann sah sie sich um und strich vorsichtig über die bunten Kristalle, die in der Höhlenwand steckten und bunte Lichtstrahlen durch die Höhle blitzen ließen. »Wir sind in der Kristallhöhle gelandet«, stellte sie überrascht fest. »Kommt, da hinten muss doch das alte Strohlager von dem ausgestorbenen Säbelzahntiger sein. Dort haben wir es etwas wärmer und können in Ruhe den Schneesturm abwarten.«

Sie ging voran. Die anderen folgten ihr. Plötzlich schrie Olivia auf. Sie warf ihren Rucksack ab und stürzte mit bleichen Gesicht auf das Strohlager.

»Leon!«, schrie sie außer sich und nahm das Baby hoch. Leon lächelte Olivia freudig an und strampelte mit seinen Beinen. »Gott sei Dank geht es dir gut, mein kleiner Liebling«, sagte Olivia erleichtert und strich ihrem Sohn über das weiche Gesicht. Dass aus Leons Kehle auf Grund von Goldhands Verzauberung kein Laut mehr kommen konnte, bemerkte Olivia in ihrer Freude nicht.

»Wie kommt das Baby hierher?«, fragte Prinz Christian aufgeregt. »Wo ist Alina?«

»Vielleicht hat sie sich in der Höhle verlaufen«, überlegte Timmi.

»Ich suche sie«, sagte Prinz Christian und verschwand. Aber die Höhle hatte nur den einen Gang. Traurig kam er zurück.

»Alina könnte doch die Geheimhöhle geöffnet haben«, sagte Olivia und ging zu dem weißlichen Kristall, der etwa die Größe eines Fußballes hatte.

In dieser Geheimhöhle hatte sich der Kristall der Hoffnung befunden. Aber als sich Goldhand durch einen Zaubertrank in den gutmütigen Riesenvogel Goldfeder verwandelt hatte, zerbarst der Kristall in Millionen kleiner Kristallsplitter.

»Timmi, weißt du noch wie du damals die Höhle öffnen konntest?«, fragte Olivia und schaute ihn aufmunternd an.

»Na klar«, rief Timmi und zog seinen warmen Winterstiefel aus. Dann wummerte er mit dem Lederstiefel voller Kraft auf den weißlichen Kristall, in dem in unregelmäßigen Abständen eine goldene Hand aufblinkte.

In der Höhlenwand begann es zu knarren. Spalt um Spalt öffnete sich das massive Felsengestein. Olivia, die Leon ganz fest an sich drückte, hatte ein merkwürdiges Gefühl in ihrer Magengegend. Irgendwer verbarg sich doch in der Höhle. Nur wer harrte hinter der Felswand aus?

Das Geheimnis wurde schnell gelüftet. In der Kristallhöhle saßen auf einer bunten Schicht Kristallsplitter ganze Trollfamilien dicht aneinander gedrängt. Die Fee Sardine saß in der Mitte der Höhle, umringt von den sieben Mitgliedern des Rates der Weisen von Trollhausen.

Olivia sah in den regenbogenen Augen der Trolle Angst und Qual. Fee Sardine sah hilflos und zerbrechlich aus. Als sie aber Olivia erkannte, stand sie auf und bahnte sich einen Weg zu ihr. Ein Lächeln huschte über das blasse Gesicht der Fee. Die Trolle tuschelten aufgeregt miteinander.

»Olivia«, rief die Fee aufgeregt. »Sie haben es tatsächlich gewagt in unser kaltes, unbarmherziges Land zu reisen. Leider konnte ich Sie nicht empfangen. Kurz nachdem ich Trikas mit meiner Botschaft in euer Land geschickt hatte, musste ich mich mit meinen Untertanen vor der Eisfee Undine verstecken. Hier können wir noch eine Weile überleben, da die Kristallsplitter des Kristalls der Hoffnung Wärmespender sind. Und da die Höhlenwände eiskalt sind, bildet sich Kondenswasser an ihnen, das wir trinken können. Jeden Tag aber schwinden unsere Kräfte ein bisschen mehr. Wenn die Eiszeit nicht bald beendet ist, sind wir dem Untergang geweiht. Ganze Trollfamilien wurden schon durch Kälte und Hunger ausgelöscht.« In den blauen Augen der Fee schwammen Tränen. Olivia musste tief Luft holen und riss sich zusammen, um nicht zu weinen. Auch dem Prinzen und Timmi ging es nicht anders. Gigantila und Trikas waren nicht mit in die Geheimhöhle eingetreten. Der Eingang war einfach zu klein.

»Wen haben wir denn da? Du siehst aber deinem Vater, dem Prinzen Michael, sehr ähnlich«, sagte Fee Sardine und streichelte Leon liebevoll über die schwarzen Löckchen. Leon lächelte.

»Eigentlich habe ich mein Baby bei der Prinzessin Alina in Glücksstadt gelassen, damit es im Schloss in Sicherheit ist«, sagte Olivia und schüttelte den Kopf. »Es ist mir ein Rätsel wie es hierher gekommen ist, vor allem, weil von der Prinzessin jede Spur fehlt.«

»Ich glaube, ich kann das Rätsel lösen«, erwiderte Fee Sardine und strich sich über die Stirn. »In einer Vision sah ich noch vor dem Ausbruch der Eiszeit den Zauberer Goldhand wie er ein Baby trug und es hier in der Höhle auf das Strohlager ablegte. Ich habe die Botschaft aber nicht verstanden, da ja der niederträchtige Goldhand in Goldfeder verwandelt war.«

»Goldfeder hat uns leider nicht bis nach Trollhausen fliegen können. Er ist vor Entkräftung gestorben«, erzählte Olivia. »Die Eisfee Undine muss den Zauberer Godhand also nach dem Tod von Goldfeder zum Leben erweckt haben.«

»Ja, dafür brauchte sie nur ein paar goldene Federn von

Goldfeder und etwas Wasser aus der heiligen Quelle in Trollhausen«, bestätigte Fee Sardine Olivias Vermutung.

»Jetzt wissen wir auch ganz gewiss, dass hinter Emmas Verschwinden nur die Eisfee stecken kann, weil Emma einige der goldenen Federn bei sich trug«, sagte Olivia leise.

»Wir wollen lieber keine Überlegungen darüber anstellen, was die Eisfee Emma angetan haben könnte«, wiegelte Fee Sardine schnell ab. Im Moment konnte dem Mädchen keiner helfen. »Wir müssen darüber reden, was ihr für die Rettung unseres Landes tun könnt. Ich werde euch mit meinen Untertanen so gut wie möglich unterstützen.«

Die ausgehungerten Trolle nickten ergeben. Ihre regenbogenfarbenen Haare wippten dabei auf und nieder.

»Ich würde Euch gern jemanden vorstellen«, sagte Olivia. »Aber dafür müsst Ihr die Geheimhöhle verlassen.«

Fee Sardine vertraute Olivia und folgte ihr gespannt. Vor der Geheimhöhle hockte Gigantila und streichelte Trikas über sein außergewöhnliches Fell, der vor Behaglichkeit schnurrte.

»Das ist Gigantila«, sagte Olivia. »Sie hat die Macht, das gefrorene Herz der Eisfee zum Schmelzen zu bringen.«

»Gigantila«, rief Fee Sardine und klatschte vor Freude in die Hände. »Du bist also dafür bestimmt, die Eisfee Undine zu besiegen. Dann erfüllt sich ja meine Prophezeiung.«

»Welche Prophezeiung?«, fragte der Prinz erstaunt.

»Nachdem meine Zwillingsschwester Undine aus dem Zauberschlaf erwacht war, sah ich in mein Wahrheitsfenster. Ich erfuhr, dass nur ein Kind Undine besiegen kann. Allerdings habe ich geschlussfolgert, dass es ein Kind aus dem fernen Land sein muss, weil dort der Winter eine Jahreszeit ist. Darum schickte ich Trikas zu unseren Freunden, weil ich hoffte, dass Frederike, Timmi und Emma sich dazu entschließen, mutig in den Kampf gegen die Eisfee zu ziehen.« »Undine ist also eure Zwillingsschwester«, wiederholte Olivia ungläubig. »Wie kann es sein, dass eine Mutter so verschiedene Zwillinge zur Welt bringen kann?«

»Ich wollte nie wahr haben, dass es auch Schattenseiten in mir gibt«, hauchte Fee Sardine beschämt. »Ich wollte nur gut sein und unterdrückte schon als Kind meine Wut, Hass, Trauer und Eifersucht. Und je mehr ich all die ungewollten Gefühle verleugnete, brachte sie meine Zwillingsschwester zu Tage. Sie wurde immer gemeiner, begann mich zu hassen und war eifersüchtig, wenn meine Eltern mich für gute Taten lobten. Als wir erwachsen waren, war alle Liebe im Herzen von Undine gewichen. Ihr Herz war zu einem Eisklumpen geworden und ihr Atem war eisig. Aus meiner Zwillingsschwester war die Eisfee Undine geworden. Sie tötete unsere Eltern und wollte mich in einen ewig anhaltenden Zauberschlaf versetzen, aber ich hatte schon immer gute Freunde unter den Trollen, die mir die Pläne Undines verrieten. So vertauschte ich die Gläser mit dem Zauberpulver und Undine fiel in den Zauberschlaf. Ich fühlte mich von Lasten befreit. Aber ich habe erkennen müssen, dass man nicht das ganze Leben vor seinen Schattenseiten weglaufen kann.«

»Also, das ist alles ganz schön viel auf einmal«, sagte Olivia ziemlich kleinlaut.

»Ich verstehe das auch nicht«, sagte Timmi und zog seine Stirn kraus. Aber als die Fee davon erzählte, dass er der Erwählte sein könnte, war er hellhörig geworden. Vielleicht konnte Gignatila die Eisfee doch nicht besiegen, dann wäre der Weg für eine Heldentat seinerseits frei. Er würde alles dafür geben, berühmt zu werden.

»Ich schlage vor«, sagte Sardine, »dass ihr, wenn sich der Schneesturm gelegt hat, euern Weg nach Trollhausen fortsetzt. Gigantila freundet sich dann mit Undine an. Das Riesenmädchen wird wissen wie sie das anstellt. Ihr müsstet euch aber um Goldhand kümmern, denn er kann unsere Pläne durchkreuzen. Und Leon bleibt bei mir in der Höhle. Hier ist er wirklich sicher. Jetzt ruht euch aus, um eure Kräfte aufzutanken.«

»Fee Sardine, wisst Ihr etwas über Prinz Michael?«, fragte Olivia mit Herzklopfen.

»Und über Alina und unseren Sohn Gideon?«, fragte Prinz Michael aufgeregt.

»Nein, ich weiß leider nichts über all die vermissten Personen«, antwortete Sardine geknickt. »Könnte ich in meinem Schloss in mein Wahrheitsfenster schauen, dann wüsste ich… Moment einmal!«, rief sie plötzlich aufgeregt. »Wenn ihr in Trollhausen seid, müsst ihr versuchen, ins Schloss einzudringen und selbst in das Wahrheitsfenster sehen. Es wird euch viele eurer Fragen beantworten.«

»Wo finden wir das Wahrheitsfenster?«, fragte Timmi neugierig.

»Mein Wahrheitsfenster ist in dem Regenbogenzimmer in der oberen Etage vom Schloss. An der Wand sind

Engel mit Musikinstrumenten und auf dem Boden liegt ein Teppich, der an eine grüne Frühlingswiese erinnert«, antwortete die Fee wehmütig.

»In diesem Zimmer waren wir schon einmal vor ein paar Monaten«, stellte Olivia aufgeregt fest. »Als Ihr damals mit mir gesprochen habt, wart Ihr auch in dieser Höhle, eingesperrt im Kristall der Hoffnung. Das Fenster in dem Raum hatte aber nichts Besonderes an sich, wenn ich mich recht erinnere.«

»Es gibt einen geheimen Code, um es zu aktivieren. Nur ich kenne ihn«, flüsterte die Fee. »Aber in Anbetracht der Umstände sollen Sie ihn erfahren.« Sardine wisperte Olivia etwas ins Ohr. Die machte große Augen und nickte zum Zeichen, dass sie verstanden hatte.

Timmi hätte auch sehr gern den Code gewusst. Ihm würde brennend interessieren, was aus Lukas geworden war. Mit dem großkotzigen Lukas würde er wohl keine Freundschaft schließen können. Er hatte ihm nie verzeihen können, dass er ihn in der Grundschulzeit ständig gehänselt und sogar öfter verhauen hatte. Er war auch neidisch auf Lukas, weil der immer gut bei den Mädchen ankam.

Olivia, der Prinz und Timmi legten sich auf das Strohlager und deckten sich mit ihren Decken zu. Immer weiter schwand der kärgliche Proviant dahin. Die Tüte Chips, die Tafel Schokolade und die Gummibärchen gab Olivia der Fee, die die Leckereien an die Trolle weiterreichte. Die Trollkinder, die oft nicht viel größer waren als die Trollpuppe Susi, ließen sich die paar Köstlichkeiten schmecken.

Fee Sardine ging mit Leon auf den Arm zurück in

die Geheimhöhle. Jakob, ein weiser Troll mit gelben gelockten Haaren, rückte sich seine Brille, die er vor einem Jahr von Frederike geschenkt bekommen hatte, zurecht und sagte. »Fee Sardine, ich spüre, dass das Baby verzaubert worden ist. Aber seine Mutter sollte nichts davon wissen.« Jakob reichte der Fee ein Fläschchen mit Milch. Woher er das lebensrettende Getränk hatte, blieb sein Geheimnis. Die Fee gab Leon erfreut das Fläschchen.

Als die Fee mit Leon auf dem Arm am nächsten Morgen Olivia, den Prinzen und Timmi wecken wollte, musste sie erst über die langen Beine von Gigantila steigen. Trikas lag vor dem Strohlager und schaute die Fee bettelnd an. Sardine streichelte liebevoll über das schwarze Fell am Kopf des Katers und sagte: »Sei nicht so traurig über deinen Riesenwuchs. Ich habe nicht die Kraft, dich zu verkleinern. Eines Tages hilft dir vielleicht deine Größe sogar in einer schwierigen Situation.«

»Na ja, ich weiß nicht«, maunzte Trikas kläglich. »Als Riesenkater fühle ich mich schwächer als früher, miau.«

»Für mich hast du gerade richtige Größe«, sagte Gigantila, die gerade aufgewacht war. Sie nahm Trikas in die Arme. Der Riesenkater leckte ihr dankbar über die Hand.

Olivia, Timmi und der Prinz waren nun auch munter. Sie rieben sich die Augen und setzten sich auf. Olivia nahm als Erstes Leon in ihre Arme und drückte ihn fest an sich.

»Ist der Schneesturm vorbei?«, fragte sie dann gähnend. Sie hatte die ganze Nacht tief und fest geschlafen. Im Traum hatte sie den Prinzen Michael gesehen. Kreidebleich lag er in einem Bett. Eine stark geschminkte Frau saß bei ihm und tupfte ihm die Stirn ab. Ein unappetitlicher dicker Mann, den Olivia von der letzten Reise durch Salomè in schlechter Erinnerung hatte, betrat das Zimmer und erkundigte sich nach dem Befinden des Prinzen Michael. Gerade als die Frau antworten wollte, wurde Olivia wach. Durch den Traum war sie ziemlich durcheinander. Statt nach Trollhausen zu gehen, würde sie lieber zurück nach Glücksstadt laufen, weil sie vermutete, dass sie dort den Prinzen Michael finden würde.

»Draußen ist es wieder ruhig«, antwortete die Fee. »Die sieben Trolle vom Rat der Weisen haben sich in der näheren Umgebung der Höhle umgeschaut. Allerdings sieht es wüst aus. Bis hierhin worden die silbernen und goldenen Dachziegel von den Trollhäusern geweht. Überall liegen Äste und Zweige in der weißen Ebene verstreut und Schneeverwehungen versperren den Weg, so dass ihr sicher so manchen Umweg in Kauf nehmen müsst.«

»Was soll es«, meinte der Prinz ergeben, »wenn wir etwas erreichen wollen im Kampf gegen Undine müssen wir jetzt los. Es stehen zu viele Menschenleben auf dem Spiel. Wir haben keine Zeit zum Jammern.«

Gigantila kroch bereits auf allen Vieren aus der Höhle hinaus, gefolgt von Trikas. Der Prinz schloss sich mit Timmi an. Olivia druckste herum. Sollte sie der Fee von ihrem Traum erzählen?

»Was haben Sie?«, fragte die Fee, als sie merkte, das Olivia mit ihren Gedanken abwesend war.

Olivia holte Luft und sagte: »Ich habe im Traum Prinz Michael gesehen. Er wurde von einer fremdem Frau gepflegt. Das hat mir gar nicht gefallen. Ich kann nicht nach Trollhausen mit den anderen gehen. Ich muss Prinz Michael in Glücksstadt suchen.«

Die Fee schaute Olivia prüfend ins Gesicht. Sie ahnte, dass Olivia eine große Enttäuschung erleben würde. Aber die Fee konnte die kommenden Ereignisse nicht beeinflussen. Also sagte sie: »Ich kann Sie verstehen. Um Leon brauchen Sie sich keine Sorgen machen. Er ist bei mir gut aufgehoben.«

»Ich wundere mich nur, dass er so still ist«, sagte Olivia und strich Leon eine Locke aus der Stirn. »Er wird doch nicht krank sein.«

»Keine Sorge. Es geht ihm gut«, beruhigte die Fee Olivia. Sie konnte ihr nicht die Wahrheit sagen und hoffte, dass der üble Zauber mit dem Sieg über Undine und Goldhand von Leon abfiel.

Die Auswirkungen des Schneesturmes

Olivia ging mit gesenktem Kopf aus der Höhle hinaus. Sie konnte jetzt niemandem in die Augen schauen. Sie räusperte sich und sagte: »Ich werde euch nicht nach Trollhausen begleiten. Ich suche Prinz Michael in Glücksstadt.« Bevor die anderen überhaupt etwas sagen konnten, stampfte Olivia in Richtung Glücksstadt davon. Sie musste allerdings aufpassen, dass sie nicht über die zahlreich verstreuten silbernen und goldenen Dachziegel von den Trollhäusern oder dicke Äste stolperte. Bald kam sie ins Schwitzen, denn sie watete durch kniehohen Schnee.

»Was ist denn bloß in Frau Engel gefahren?«, fragte Timmi verständnislos. »Nie hätte ich gedacht, dass sie uns in Stich lässt.« Er war sehr enttäuscht über das Verhalten seiner ehemaligen Lehrerin.

»Ich verstehe es ehrlich gesagt auch nicht, aber wir erfüllen jetzt unsere Mission«, sagte Prinz Christian so ruhig wie möglich, obwohl er auf Olivia wütend war. »Komm, Gigantila, die Eisfee Undine erwartet dich.«

Olivia lief unermüdlich vorwärts. Der Himmel war mit grauen Wolken bedeckt. Die ganze Umgebung schien wie ausgestorben. Hohe Schneeverwehungen versperrten der einsam wandernden Olivia oft den Weg. Seufzend nahm sie die Umwege in Kauf, getrieben von den Gedanken an den kranken Prinzen Michael, der von einer fremden Frau gepflegt wurde. Mittlerweile hatte sie trotz der Kälte ihre Skijacke geöffnet und ihre Handschuhe ausgezogen. Sie überlegte, wo sie in Glücksstadt mit der Suche nach dem Prinzen Michael beginnen könnte. Da erinnerte sie sich, dass der dicke Mann mit dem glänzenden Gesicht in einem Haus in einer der Nebenstraßen von Glücksstadt lebte. In dem Haus befand sich auch sein An- und Verkaufsladen. Vielleicht sollte sie diesen Laden ausfindig machen. Wolfhard, der Chef der Hundepolizei, konnte ihr bestimmt dabei helfen. Dann würde sie auch von ihm erfahren, wie es Frederike ging und was mit der Prinzessin Alina passiert war und ob die vorwitzige Susi schon wieder zusammengeflickt war.

Gegen Abend stand Olivia völlig erschöpft vor dem grünen, geschlossenen Stadttor. Ungeduldig klopfte sie mit ihrer Faust dagegen. Aber das Stadttor blieb verschlossen.

»Wolfhard! Aufmachen!«, schrie Olivia und wummerte abermals gegen das Stadttor. Die grüne abblätternde Farbe rieselte ihr auf den Kopf.

»Hallo, Olivia, wau, wau«, bellte es plötzlich neben ihr.

»Brilli!«, rief Olivia überrascht. »Was machst du denn hier?«

»Der Riesenkater hat mich so erschreckt, dass ich in Panik immer weiter gerannt bin. Erst als ich völlig am Ende war, sah ich mich um. Mein Instinkt sagte mir, dass ich mich in der Nähe von Glücksstadt befand. Also setzte ich den Weg fort und stand bald vor dem Stadttor. Wolfhard öffnete mir und meinte, ich kann ihm Gesellschaft leisten. Aber nun ist es aus mit der trauten Zweisamkeit, wau, wau«, antwortete Brilli betrübt.

»Was ist passiert? Sag schon«, drängelte Olivia.

»In Glücksstadt hat ein furchtbarer Schneesturm sein Unwesen getrieben«, erzählte Brilli. »Ich habe mit

Wolfhard gerade die nagelneue, strahlende Susi aus dem Schneiderladen geholt, als wir von einem Schneewirbel erfasst wurden. Eine Windböe riss Wolfhard Susi aus den Pfoten. Sie wurde wie ein Federball durch die Luft geschleudert. Wir konnten ihr nicht helfen, da wir schnell Schutz in einem der Häuser suchen mussten, sonst hätte es uns auch weggeweht. Hilflos mussten wir von unserem Unterschlupf mit ansehen wie Susi von dem Sturm fortgetragen wurde. Dann wurden ganze Dächer abgedeckt, Bäume abgeknickt und Zäune weggerissen. Wolfhard ist mit seinen Untergebenen in den Straßen unterwegs, um halbwegs Ordnung in das Chaos zu bringen. So streune ich allein herum. Auf einmal hörte ich ein Klopfen am Stadttor. Deine Stimme habe ich gleich erkannt. Zum Glück hat die Stadtmauer einige Schlupflöcher, wo so einer wie ich gerade hindurchpasst.«

»Ich muss unbedingt in die Stadt«, flehte Olivia. »Hole Wolfhard, damit er mir das Tor öffnet.«

Brilli verschwand. Olivia lief mit Bauchgrummeln vor dem Stadttor auf und ab. Ihr erschien es wie eine Ewigkeit bis das Stadttor quietschend aufging. Wolfhard steckte seinen zotteligen Kopf heraus und sagte: »Hallo, so schnell habe ich mit einem Wiedersehen nicht gerechnet. Komm doch hinein in unsere Rumpelstadt. Ich habe leider keine Zeit für einen Schwatz. Ich muss wieder los.« Dann machte er das Stadttor ganz auf, so dass Olivia eintreten konnte.

Was sie da sah, stimmte sie traurig. Glücksstadt war nicht mehr wieder zu erkennen. Die Hauptstraße und der Gehweg waren über und über mit herausgerissenen

Fensterläden, Zaunlatten, bunten Dachziegeln, Blumen-
kästen und anderen Trümmerteilen bedeckt.

»Wolfhard, ich suche einen An- und Verkaufsladen in
einer der Nebenstraßen. Bitte führe mich dorthin. Prinz
Michael hält sich dort auf«, sagte Olivia bettelnd.

»Wie schon gesagt, wau, wau, ich habe keine Zeit für
Suchspiele. Es tut mir sehr Leid«, sagte Wolfhard und
ging eilig davon.

»Aber ich wollte doch noch wissen wie es Frederike und
Prinzessin Alina gehen«, rief Olivia hinterher. Doch Wolfhard war schon zwischen dem Gerümpel verschwunden.

»Ich helfe dir auch beim Suchen«, tröstete Brilli die
enttäuschte Olivia. »Wenn wir Prinz Michael gefunden
haben, gehen wir gemeinsam ins Schloss, wau, wau.«

»Danke, Brilli«, sagte Olivia und streichelte Brilli über
sein kurzes, gescheckets Fell.

Prinz Christian, Timmi, Gigantila und Trikas mar-
schierten noch nicht lange über die weiße, mit silbernen
und goldenen Dachziegeln übersäte Einöde, als sie in der
Ferne Schatten dahinjagen sahen.

»Was bewegt da?«, fragte Timmi ängstlich.

»Wir müsen vorsichtiger sein«, antwortete Prinz Christian und sah sich mit unruhigen Blicken um. »Wir
scheinen nicht die Einzigen zu sein, die sich durch diese
weiße Hölle einen Weg bahnen.«

»Wir haben doch bald das Waldgebiet erreicht, miau«,
mischte sich Trikas ein. »Da können wir uns besser verstecken.«

So lief die kleine Gruppe mit Prinz Christian an der
Spitze schnell weiter. Aber auch die geheimnisvollen

Schatten jagten auf den Wald zu. Trotzdem blieb ihnen nichts weiter übrig, als mutig weiter zu laufen, denn um ihr Ziel zu erreichen, mussten sie den Wald passieren, da er Trollhausen wie ein Ring umgab.

Keuchend kamen sie am Waldrand an. Die silbernen und goldenen Dachziegel glänzten wie Spiegel auf dem weißen, lichten Waldboden. Der Schnee lag hier längst nicht so hoch wie in der Ebene. Die eisbehangenen Äste der Tannen wiegten leicht hin und her. Dies erzeugte ein Rascheln in den Baumkronen, welches sich anhörte, als ob Stimmen im Wald wisperten.

»Hu, ist ziemlich unheimlich hier«, meinte Timmi und schaute sich ängstlich um. Bewegte sich da nicht etwas großes Weißes zwischen den Bäumen?

»Prinz Christian, schaut, da«, rief er aufgeregt und zeigte mit dem Finger in die Richtung seiner Entdeckung.

»Ja, du hast Recht«, stimmte der Prinz zu, »da bewegt sich etwas. Wir müssen herausfinden, was es ist. Trikas, du kennst den Weg nach Trollhausen. Gehe schon mit Gigantila vor. Ihr seid zu riesig, um euch an einen Feind anzupirschen.«

»Ich habe doch gewusst, dass Riesenwuchs nur Nachteile hat«, beschwerte sich Trikas, besann sich aber schnell und sagte: »Komm, Gigantila, lass uns gehen. Vielleicht treffen wir ja auf meinen Vater Kasimir.«

Gigantila lächelte freundlich und streichelte Trikas. Sie hatte noch nicht einmal über die misslichen Umstände gemurrt, sondern war die ganze Zeit mit einem Lächeln im Gesicht still den anderen gefolgt. Sie war einfach nur glücklich darüber, dass sie ihr Leben geschenkt bekommen hatte.

Vorsichtig pirschten sich der Prinz und Timmi, Deckung suchend von Baum zu Baum, an die geheimnisvollen weißen Gestalten heran. Je näher sie kamen, um so mehr kribbelte es in ihren Bäuchen vor Aufregung. Überrascht schrie Timmi aus voller Kehle: »Barnabas!«

Er sauste los, der Prinz hinterher. Sie waren tatsächlich auf Barnabas und seine Herde gestoßen. Es waren etwa zehn Schimmel, die freudig wieherten, als sie Timmi und den Prinzen erkannten.

Timmi streichelte glücklich über Barnabas weichen Hals und sagte: »Ich dachte schon, du wärst nicht mehr am Leben, weil du nicht gekommen bist, als ich dich in Glücksstadt um Hilfe rief.«

»Leider kann ich deine Hilferufe nicht mehr empfangen, weil die Eisfee Undine mein Fohlen Minkus entführt hat. Damit hat sie Macht über uns.«

Plötzlich war ein Knacken zu vernehmen. Eine Stute mit tiefblauen Augen und einer silberfarbenen Mähne und einem silberfarbenen Schweif tauchte zwischen den Tannen auf. Prinz Christian starrte auf die Stute, als wenn er ein Gespenst gesehen hätte. Kein Wort brachte er über seine zitternden Lippen.

Auf der Stute saß ein blonder Junge in einer gestreiften Tigerfelljacke mit schwarzen Lerdereinsätzen. Als er Prinz Christian erblickte, jubelte er und rutschte von der Stute hinunter.

Nun fand der Prinz seine Sprache wieder und rief: »Gideon, du bist es wirklich! Und gesund und munter!« Vater und Sohn fielen sich glücklich in die Arme.

Timmi schaute erstaunt auf den Jungen, der eigentlich gerade einmal acht Monate alt war und nur wenig kleiner war als er.

»Woher kommst du so plötzlich? Und warum bist du bloß weggerannt?«, fragte Prinz Christian und schaute seinen Sohn prüfend an.

»Barnabas und Bella hier«, sagte Gideon und klopfte sanft auf den Hals der Stute, »haben mich vor der Eisfee Undine gerettet. Sie waren auf der Suche nach Minkus, als sie mich im Tunnel vor Glücksstadt trafen. Ich war so neugierig auf alles was außerhalb des Schlossparks war. Nie durfte ich sehen was hinter den hohen Hecken war. Da bin ich eines Tages ausgebüchst. Aber ich fand den Weg nicht zurück und landete im Tunnel vor Glücksstadt, weil ich unvorsichterweise das Stadttor öffnete und hinausging. Dann fiel das Stadttor ins Schloss und ich war ausgesperrt.«

»Ich weiß, dass die Eisfee Undine Kinder aus Glücksstadt entführt, weil sie Angst vor ihnen hat, aus welchen Gründen auch immer«, wieherte Bella. »Gideon war also in Gefahr. Wir konnten ihn allerdings nicht ins Schloss zurückbringen, weil wir es lebend nicht erreicht hätten. Also nahmen wir Gideon mit zu unserer Herde.«

»Ich bin so froh darüber, dass du lebst und es dir gut geht«, sagte Prinz Christian und drückte seinen Sohn ganz fest an sich.

»Gehen wir jetzt zu Mutter ins Schloss?«, fragte Gideon.

Der Prinz räusperte sich und antwortete mit gepresster Stimme: »Nein, wir haben eine Mission zu erfüllen. Deshalb begeben wir uns nach Trollhausen. Wir lassen uns nicht von der Eisfee Undine einschüchtern.«

»Ich begleite euch«, wieherte Barnabas. Er wandte sich an Bella: »Du bleibst bei unserer Herde. Vielleicht treffe ich in Trollhausen auf Minkus.« Bella blickte Barnabas mit ihren blauen Augen unglücklich an und nickte dann zustimmend.

»Oh fein«, rief Timmi freudig, »du kommst mit nach Trollhausen.« Er schmiegte sich an Barnabas Kopf.

»Dann ist ja alles geklärt und wir können uns auf den Weg machen«, sagte der Prinz und nahm Gideon an die Hand.

Timmi sprang auf Barnabas Rücken und vergaß für einen Moment all die furchtbaren Ereignisse der vergangenen Tage.

Trikas führte Gigantila zielsicher durch den Wald hindurch. Als sie aus dem Wald heraustraten, konnten sie schon in der Ferne die Kuppel des weißen Feenschlosses erkennen.

Trikas schaute entsetzt auf die vielen verstreuten Trümmerteile im Schnee und fragte sich, ob der Sturm überhaupt noch einige der einstmals so schmucken runden Trollhäuser verschont gelassen hatte.

Gigantila bückte sich und hob eine der silbernen Dachschindeln auf und legte sie auf ihre Handfläche. Als sie daraufschaute, sah sie eines ihrer braunen Augen. Sie zwinkerte und das Auge im Dachschindel zwinkerte zurück. Sie konnte es nicht begreifen, da sie keinen Spiegel kannte. Sie hob noch mehr Dachschindeln auf und füllte damit ihre ganze Handfläche aus. Nun konnte sie ihr ganzes Gesicht sehen. Sie lachte. Dann schnitt sie Grimassen.

»Wer bist du?«, fragte sie erstaunt ihr Spiegelbild.

»Das bist du selbst, du Dummerchen«, klärte sie Trikas auf, der Gigantila die ganze Zeit über amüsiert beobachtet hatte.

»So sehe ich also aus«, sagte Gigantila zufrieden und strich sich über ihre schwarzen Haare. »Ich finde mich schön.« Dann ließ sie die Dachschindeln in den Schnee rieseln. »Die Eisfee Undine findet mich bestimmt auch schön.«

»Lass uns weitergehen, dann wissen wir es bald«, forderte Trikas sie auf und bahnte sich schweren Herzens einen Weg durch Zaunteile, bunten Fensterläden und Resten kunstvoll geschnitzter Gartenbänke. Er würde liebend gern die Zeit zurückdrehen und mit seinem Vater Kasimir gemütlich bei der alten Hexe Aurelia in der Hexenküche vor sich hindösen.

Aber er konnte sich der Vergangenheit nicht weiter hingeben, denn sie hatten bereits die mit Schneewehen bedeckten Felder der Trolle entdeckt. Der Schnee war teilweise mehrere Meter hoch. Trikas versank bis zu seinem Hals. Als Gigantila das sah, nahm sie ihn hoch und sagte mitfühlend: »Komm, ich trage dich, mein lieber Freund.«

Mit ihren riesigen Schuhen aus derben, festen Leder trat sie jede Schneewehe mit Leichtigkeit platt. Trikas war froh, auf Gigantilas starken Armen ausruhen zu können. Mit Riesenschritten lief Gigintila über die Felder und hatte bald die Häuser der Trolle erreicht beziehungsweise das, was von ihnen übrig geblieben war. Die Dächer waren abdeckt, die Fensterläden abgerissen und ganze Wände waren in sich zusammengefallen.

Zielstrebig ging Gigantila auf das Feenschloss zu. Der Schlosspark war nur mit einer dünnen Schicht Schnee bedeckt. Die Bänke standen unversehrt in den kahlen Rosenheckenbögen, die im Sommer prachtvolle rote Blüten hervorbrachten. Im Schlosspark hatte der Sturm keinen Schaden angerichtet.

Gigantila war es nicht möglich, die Wege des Schlossparks zu benutzen, ohne dass sie nicht auf Bänke oder Marmorblumentöpfe treten würde, die den Wegrand säumten.

So setzte sie Trikas ab und sagte: »Ich warte hier, sieh du nach dem Rechten. Vielleicht triffst du ja auf deinen Vater. Bitte bringe die Eisfee zu mir und sage, dass ich eingetroffen bin.«

Trikas trabte los. Ihm war es ziemlich unbehaglich zumute. Aber er hatte keine Wahl. Schließlich musste die Eisfee Undine besiegt werden, damit für alle Lebewesen wieder ein ganz normales Leben möglich war.

Auf dem Schlosshof sah Trikas Minkus stehen. Schnell wollte er sich verstecken, aber der Schimmel hatte ihn entdeckt. »He«, rief er, »was bist du für ein komisches Pferd? Komm her, damit ich dich von Nahem betrachten kann. Ich kann ein wenig Unterhaltung gebrauchen.«

Trikas ging auf Minkus zu. Vielleicht konnte er etwas über die Eisfee und Goldhand in Erfahrung bringen. Und er hatte sich nicht getäuscht.

»Wenn du allerdings zur Eisfee Undine willst, hast du leider Pech. Sie ist mit Goldhand nach Glücksstadt geflogen. Dort wollen sie die Macht übernehmen. Ich bin bloß der Wächter des Schlosses, solange sie nicht da sind.« Minkus betrachtete Trikas ausgiebig. Er mochte den Riesenkater auf Anhieb. Ihm wurde warm ums Herz.

»Wann wollen sie denn zurückkommen?«, fragte Trikas enttäuscht, weil nun der ganze Marsch für umsonst gewesen war.

»Das haben mir die beiden leider nicht verraten, sonst würde ich es dir sagen, denn ich mag dich nämlich«, sagte Minkus und stieg im gleichen Augenblick nach oben, denn Kasimir kam um die Ecke gerannt.

»Aber ich weiß es, miau. Ich habe nämlich die beiden belauscht.« Kasimir schlich mit aufgestelltem Schwanz um Trikas herum. Belustigt sagte er: »Schade, dass Aurelia nicht mehr erleben kann, dass sie auf ihrem Schmusekater hätte ausreiten können.«

»Du machst Späße über meinen Riesenwuchs«, miaute Trikas kläglich. »Und ich dachte, du rennst vor mir weg.«

»Das wird schon wieder, mein Sohn«, maunzte Kasimir und blickte aufmunternd zu Trikas. »Die Eisfee sagte zu Goldhand, dass sie solange in Glücksstadt bleiben will, bis sie jedes Kind aufgespürt und es in eine Eisstatue verwandelt hat. Dann könne sie ihre Macht auf die anderen Reiche des Zauberlandes ausweiten.«

»Na, das kann ja eine ganze Weile dauern, bis sie jedes einzelne Kind gefunden haben. Ich kann mir vorstellen, dass auch trotz der Eiszeit Babys geboren werden«, meinte Trikas. »Da hat es wohl keinen Sinn hier in der Kälte zu warten.«

»Wisst ihr was«, wieherte Minkus, »die Eisfee kann mir mal gestohlen bleiben. Ich habe das Gefühl, dass etwas Dunkles von mir abgefallen ist. Ich gehe mit euch.«

»Jetzt müssen wir den ganzen langen Weg nach Glücksstadt zurückgehen«, sagte Trikas.

Plötzlich hörten sie Hufgetrampel. Minkus preschte erwartungsvoll los.

Gideons Bestimmung

Trikas und Kasimir waren sehr gespannt, wen sie gleich sehen würden. Lange brauchten sie nicht zu warten. Minkus kam freudig mit einem Kopfnicken angetrabt. Dahinter lief Barnabas, auf dem Timmi stolz saß. Prinz Christian folgte mit Gideon an der Hand.

»Da seid ihr ja, miau«, rief Trikas aufgeregt. »Und ich sehe, euer Einsatz war nicht für umsonst.«

»Ja, da hast du vollkommen Recht«, sagte der Prinz. »Ich möchte euch meinen Sohn Gideon vorstellen.«

»So einen Riesenkater habe ich mir schon immer zum Freund gewünscht«, rief Gideon begeistert und strich Trikas über sein außergewöhnliches Fell. »Darf ich auf dir reiten?«, fragte er dann.

»Ich weiß nicht, ob ich als Pferd etwas tauge«, schnurrte Trikas, »vielleicht reitest du doch lieber auf einen der Schimmel.«

»Gigantila steht sich vor dem Schlosspark die Beine in den Bauch«, sagte der Prinz. »Minkus erzählte uns schon, dass die Eisfee mit Goldhand nach Glücksstadt gefolgen ist. Was machen wir denn nun?«

»Hier können wir wenig ausrichten«, meinte Timmi.

»Und wenn wir das Wahrheitsfenster befragen, um zu sehen wie es den anderen geht«, überlegte der Prinz.

»Die Idee ist ja gut, miau«, mischte sich Trikas ein, »aber keiner von uns, außer Olivia, weiß den Geheimcode für die Aktivierung des Wahrheitsfensters.«

»Ich bin in Windeseile in Glücksstadt«, sagte Minkus,

»ich finde eure Freundin schon. Dann kann sie mir den Geheimcode verraten.«

»Nein, du kannst nicht nach Glücksstadt galoppieren, denn die Menschen würden dich sofort zum Frühstück verspeisen«, sagte Barnabas besorgt.

»Das könnte ein Problem sein, denn der Zauber, mit dem mich die Eisfee belegt hatte, scheint verschwunden zu sein. Also bin ich wieder verwundbar«, stellte Minkus fest. »Mein Magen knurrt auch wie verrückt. Hunger habe ich bis vor euerm Eintreffen nicht verspürt.«

»Timmi, du reitest auf Barnabas zu der Kristallhöhle«, sagte Prinz Christian bestimmt. »Aber erst morgen früh. Wir gehen ins Schloss und übernachten dort. Was machen wir nur mit Gigantila? Sie passt unmöglich durch die Schlosstür.«

»Hinter dem Schloss ist ein riesiger, alter Pferdestall«, sagte Minkus. »Wenn sie dort die Tür ausreißt und auf allen Vieren hineinkriecht, hat sie nicht nur ein Dach über dem Kopf, sondern auch ein weiches Strohlager.«

»Ich bringe Gigantila zu dem Pferdestall«, rief Trikas.

»Ich begleite dich«, sagte Gideon. Der Prinz wollte es ihm gerade verbieten, besann sich doch. Er hatte einsehen müssen, dass die vielen Verbote, aus der Sorge heraus, Gideon könnte etwas zustoßen, seinen Sohn aus dem elterlichen Schloss getrieben hatten.

Schnell waren Trikas und Gideon bei Gigantila, die alles beobachtet hatte, was sich vor dem Schloss abgespielt hatte. Aber hören konnte sie nichts und war nun sehr gespannt, wie es weitergehen würde. Sie war froh darüber, eine Nacht ausruhen zu können.

Ganz vorsichtig setzte sie einen ihrer Riesenschuhe in

den Schlosspark. Sie konnte nicht verhindern, dass sie dabei eine Bank und zwei Blumenkübel zertrat. Den anderen Fuß stellte sie vor dem Pferdestall ab. Behutsam ging sie auf ihre Knien hinunter und riss mit der Hand die Tür aus dem Pferdestall heraus. Danach krabbelte sie hinein. Die Pferdeboxen zerbarsten unter ihrem Gewicht wie Strohhalme. Nun hatte sie ein Lager für die Nacht. Sie rollte sich auf die Seite und schlief erschöpft ein.

Gideon klatschte in die Hände und sagte: »Ich finde Gigantila ist ein tolles Mädchen. Schade, dass sie so riesig ist. Da kann ihr sie gar nicht in mein Kinderzimmer einladen, um ihr all die schönen Spielsachen zu zeigen.«

»Geh du nun ins Schloss zu deinem Vater und Timmi. Ich bleibe bei den Schimmeln, miau«, sagte Trikas und trabte davon.

Gideon wollte zu der Schlosstür gehen, aber da bemerkte er eine verborgene Tür im Gemäuer der Rückseite des Schlosses. Sie war hinter einer Rosenhecke versteckt. Im Sommer, wenn die Hecke in voller Blüte stand, wäre es sicher nicht möglich, die Tür ausfindig zu machen.

Voller Neugierde lief Gideon auf die Hintertür zu. Mit klopfendem Herzen drückte er die Türklinke hinunter. Knarrend ging die Tür auf. Kalte, feuchte Luft kam ihm entgegen. Er steckte seinen Kopf durch den Türspalt. Viel konnte er nicht erkennen, denn es war ziemlich dunkel.

Seine Entdeckerlust war größer als seine Angst. Er betrat den schummrigen Raum. Im hinteren Teil war es heller. Er schlich zu dem Lichtschein. Es führte eine Treppe nach oben und eine in den Keller. Gideon überlegte. In einem Keller sind meist Geheimnisse verborgen, dachte er.

Er nahm all seinen Mut zusammen und stieg vorsichtig die vereisten Treppen hinunter. Ein bisschen enttäuscht schaute er auf die eingefrorene Quelle. Sonst fand er nur noch eine verschlossene, alte Holztür. Gerade wollte er die Treppe wieder nach oben steigen, als er sich einbildete, unter der dünnen Eisschicht der zugefrorenen Quelle ein Mädchengesicht leuchten gesehen zu haben. Ihm wurde mulmig zumute. Seine Beine begannen zu zittern.

Es war keine Einbildung gewesen. Er konnte tatsächlich ein Mädchengesicht mit großen erschreckten Augen unter der Eisschicht erkennen.

»He, du da!«, rief Gideon. »Kannst du mich hören?« Nichts rührte sich unter dem Eis. Sicher hat die Eisfee Undine dieses arme Mädchen in die zugefrorene Quelle gehext, dachte Gideon mitleidig. Er hatte den starken Drang dieses Mädchen zu retten. Nur wie? Sollte er seinen Vater und Timmi holen? Sein Gefühl sagte ihm, er musste es allein schaffen.

Er klopfte mit aller Kraft mit einem herausgefallenen Mauerstein auf das Eis. Nicht einmal ein Kratzer war zu sehen. So funktionierte es also nicht.

Plötzlich hörte er seinen Vater nach ihm rufen. Er wollte nicht, dass sein Vater in den Keller kam und rannte deshalb schnell die Treppen hinauf.

Prinz Christian war gerade im Begriff, in den Keller zu gehen, als ihm sein Sohn atemlos in die Arme lief. »Da bist du ja!«, rief der Prinz. »Ich dachte schon, du bist wieder ausgebüchst.«

»Ich hatte mich bloß ein wenig verlaufen«, sagte Gideon und führte seinen Vater von der Treppe weg. »Wo schlafe ich diese Nacht?«

»Ich habe ein schönes Zimmer für dich gefunden mit einem hellblauen Himmelbett«, antwortete der Prinz und nahm Gideon an die Hand, um ihn in das Zimmer zu führen. Er wusste nicht, dass es genau das Zimmer war, in das Emma vor zwei Tagen von der Eisfee gezaubert worden war.

Prinz Christian legte seinen Sohn in das weiche Bett und deckte ihn mit mehreren Decken zu, so dass nur noch die Nasenspitze herausschaute. Dann verließ er leise das Zimmer, um sich auch schlafen zu legen.

Timmi hatte das Zimmer wieder gefunden, in dem er schon zweimal während seiner Reisen durch das Zauberreich übernachtet hatte. Kasimir war draußen bei Trikas und den Schimmeln geblieben.

Gleich nachdem Prinz Christian die Tür geschlossen hatte, setzte sich Gideon wieder auf. Zum Glück war draußen Vollmond, der hell in das Fenster schien, so dass er sich erst einmal richtig umgucken konnte. Der blaue Ohrensessel zog ihn in seinen Bann. Er stand auf und setzte sich hinein. Aber irgendetwas drückte an seinem Rücken.

»Aua«, murmelte er und zog Emmas Rucksack hervor. Verwundert drehte er den Rucksack hin und her. Solch einen ähnlichen Rucksack hatte er auch auf Timmis Rücken gesehen. Also musste dies ein Gepäckstück von jemanden sein, der nicht aus dem Zauberreich stammte.

Aufgeregt öffnete er den Rucksack und wühlte darin herum. Das waren eindeutig die Kleidungsstücke eines

Mädchens. Er fand in dem Rucksack auch eine große Packung Kekse, von der er gierig einige verschlang. Schließlich holte er eine zerdrückte, goldene Feder mit einer goldenen Glocke heraus. Er schüttelte die Glocke mehrmals.

Auf einmal hörte er in seinem Kopf eine Stimme: »Es ist dir bestimmt, dass du mit Hilfe dieser Feder das Mädchen aus der vereisten heiligen Quelle von Trollhausen befreist. Berühre mit der Feder die Stelle im Eis, wo das Mädchen feststeckt. Nun habe ich noch ein Geschenk für dich. Wenn du die Feder in den Mund nimmst, wirst du, und alles was du berührst, für eine Stunde unsichtbar.«

Gideon schaute sich erschrocken um. Aber er sah niemanden. Sollte er es wagen, mit der Feder in den Keller zu gehen? In seiner Brust hämmerte sein Herz. Er holte ein paar Mal tief Luft und ging zur Tür. Mit bebenden Händen öffnete er sie. Die Gänge des Schlosses waren dank des Mondlichtes hell beleuchtet.

Unbemerkt erreichte er den Keller. Durch ein kleines rundes Kellerfenster fiel ein Lichtstrahl genau auf das eisbedeckte Gesicht des Mädchens. Nervös trampelte Gideon von einem Bein auf das andere. Als die Spannung für ihn unerträglich wurde, hielt er die goldene Federspitze an das Eis, in dem es sogleich gespenstisch knackte. Plötzlich katapultierten kleine und große Eisstückchen durch den Keller. Gideon schützte erschrocken seinen Kopf vor den herumfliegenden Eisgeschossen.

Als er seine Hände von seinem Gesicht wegnahm, stahlte ihn ein Mädchen mit hellbraunen Zöpfen an. Sie sagte: »Du hast mich aus diesem schrecklichen Eiskeller gerettet. Danke. Mein Name ist Emma. Und wie heißt du?«

»Ich heiße Gideon.« Prüfend betrachtete er Emma. Kannte er das Mädchen? Er wusste es nicht. Dann schlug er vor: »Was hälst du davon, wenn wir in mein Zimmer gehen und du mir alles über dich erzählst.«

»Au fein«, rief Emma, »das mache ich gern. Und du hast mir bestimmt auch viel zu berichten.«

Gideon und Emma gingen schweigend in das Zimmer mit dem blauen Ohrensessel. Sie kuschelten sich in das große Himmelbett ein. Sie erzählten sich solange ihre Abenteuer bis sie vor Müdigkeit kein Wort mehr über die Lippen brachten. Am aufregendsten fand Emma, dass Gideon der Sohn von Prinz Christian und der Prinzessin Alina war und in Wahrheit erst acht Monate alt war. Solche Wunder, dass ein Kind in einem Monat so viel wächst wie andere in einem Jahr, gab es eben nur in einem Zauberreich, dachte sie, kurz bevor sie in einen tiefen Schlaf fiel.

Als Prinz Christian am nächsten Morgen seinen Sohn wecken wollte, traute er seinen Augen nicht, als er ihn nicht allein im Bett vorfand. Er erkannte natürlich Emma sofort und konnte nicht verstehen wie sie auf einmal neben Gideon in dem Himmelbett liegen konnte. Der Prinz freute sich ungemein, dass das Mädchen unversehrt war.

Als er Gideon endlich wach bekommen hatte, ließ er sich sofort berichten, was geschehen war. Der Prinz war unendlich stolz auf seinen Sohn. Nun hat er seine Lebensaufgabe erfüllt, dachte er zufrieden. Aber dass die Rettung von Emma nur die Voraussetzung für die wahre Lebensaufgabe von Gideon war, ahnte der Prinz nicht.

Timmi war vor Freude nicht zu halten, als er Emma gesund und munter in den Festsaal des Feenschlosses hereinspazieren sah. Er sprang von seinem schweren Holzstuhl so rasant auf, dass dieser krachend auf die Dielen fiel. Er rannte auf Emma zu und drückte sie überschwänglich. »Du lebst!«, rief er glücklich.

»Ja, zum Glück hat mich Gideon aus meinem Eisgefängnis gerettet«, sagte Emma. Bedrückt fragte sie: »Wo sind Frau Engel, Frederike und Brilli?« Sie hatte Gideon schon dieselbe Frage in der Nacht gestellt, nachdem sie merkte, dass in Gideons Erzählungen Olivia, Frederike und Brilli nicht auftauchten. Aber Gideon hatte die drei Namen zum ersten Mal in seinem Leben gehört.

Timmi guckte zu Boden. Der Prinz übernahm die unangenehme Aufgabe von den bedauerlichen Ereignissen zu berichten.

Emmas Augen füllten sich mit Tränen, als sie vernahm, dass Frederike schwer verletzt worden war und keiner wusste wie es ihr geht. Da wurde ihr klar, wie lieb sie ihre Schwester trotz des täglichen Zoffs hatte.

Der Prinz räusperte sich und sagte: »So, Timmi, du reitest jetzt los. Wenn du zurückkommst, wird uns das Wahrheitsfenster Rede und Antwort auf unsere Fragen geben.«

Timmi nahm sich ein paar Kekse aus der Packung, die Gideon auf den Tisch gestellt hatte und ging aus dem Festsaal heraus.

»Vater, was hälst du davon, wenn ich die Eisfee Undine und Goldhand hierher nach Trollhausen locke, damit Gigantila ihre Mission erfüllen kann.«

»Wie willst du denn das anstellen?«, fragte Prinz Christian erstaunt über den Wagemut seines Sohnes.

»Ich reite auf Minkus nach Glücksstadt«, erklärte Gideon. »Wenn ich das Stadttor passiert habe, trickse ich die hungrigen Einwohner aus.«

Die Augen des Prinzen wurden immer größer. »Welchen Trick meinst du?«

»Minkus und ich werden unsichtbar sein.«

Jetzt staunte auch Emma, vor allem als Gideon die Feder mit dem kleinen goldenen Glöckchen hoch hielt.

»Eine Stimme sagte mir, dass ich für eine Stunde unsichtbar bin, wenn ich die Feder im Mund habe.«

»Das kann doch nur die Stimme der Fee Sardine gewesen sein«, mutmaßte der Prinz. »Ich lasse dich nicht gern nach Glücksstadt reiten, aber wenn es dir bestimmt ist, will ich dir nicht im Wege stehen.«

»Danke, Vater«, sagte Gideon und verließ den Festsaal.

»So, nun sind wir erst einmal allein«, sagte der Prinz zu Emma. »Aber nicht für lange, denn die Schimmel sind so schnell wie der Wind. Ich würde dir gern in der Zwischenzeit jemanden vorstellen.«

»Ja, ich bin schon gespannt auf Trikas und Gigantila«, rief Emma. Gideon hatte ihr in der Nacht von dem Riesenwuchs der beiden erzählt.

Trikas kam freudig auf Emma zugelaufen, als er sie aus dem Schloss herauskommen sah. Emma hätte am liebsten losgelacht. Trikas sah wie ein missratenes Pferd mit einem Katzenkopf aus. Der Kater bemerkte wohl, dass Emma ihn komisch fand. »Du kannst ruhig über mich lachen. Ich weiß, dass ich hässlich bin, miau.«

Da tat Emma Trikas Leid. Sie streichelte ihm über seinen Rücken. Kasimir schmiegte sich an Emmas Beine. Nun hatte Emma endlich beide Kater im Zauberreich getroffen, so wie sie es sich gewünscht hatte.

Plötzlich tauchte ein großer Schatten über Emma auf. Mit offenem Mund starrte sie nach oben in das freundlich grinsende Gesicht von Gigantila. Das Riesenmädchen bückte sich hinunter und setzte Emma auf ihre Handfläche. Als sie Emma hoch nahm, schrie diese wie am Spieß. »Hilfe, ich wollte keine Achterbahn fahren.« Krampfhaft hielt sie sich an Gigantilas Riesenfinger fest.

»Habe keine Angst«, beruhigte sie Gigantila und hielt sich Emma vor ihre Augen. Nun berührte Gigantila mit ihrer Fingerspitze Emmas Zöpfe. »Ich freue mich, ein Mädchen kennen zu lernen, das so alt ist wie ich.«

»Ich freue mich auch, deine Bekanntschaft zu machen«, sagte Emma mit blassem Gesicht. »Lässt du mich bitte hinunter. Ich bin nicht schwindelfrei.«

Kaum hatte Emma wieder Boden unter den Füßen, war ein weißer Punkt am Horizont zu sehen.

Gigantilas Macht

Timmi preschte auf Barnabas heran. Aufgeregt rutschte er von dem Schimmel hinunter und rief: »Ich habe ihn, den Geheimcode. Kommt mit ins Regenbogenzimmer.«

Er raste ins Schloss. Der Prinz, Timmi und Emma folgen ihm aufgeregt. Sie rannten in die obere Etage. Schnell fanden sie das Regenbogenzimmer und wollten hineinstürmen. Aber ehrfürchtig blieben sie in der Tür mit offenem Mund stehen. Die lieblichen Engel mit den Musikinstrumenten, die auf der orangen Wand aufgemalt waren, schienen ihnen zuzulächeln. Der flauschige, grüne Teppich, der an eine Frühlingswiese erinnerte, bremste jede Eile. Und der Regenbogen, der durch das Zimmer zog, ließ wohlige Wärme durch die ausgezehrten Körper fließen.

Timmi war der Erste, der schließlich eintrat. Der Prinz und Emma folgten ihm. Timmi stellte sich vor das Rundbogenfenster und sagte: »Wahrheitsfenster, fünf, sechs, sieben, acht, zeige mir, was Frederike macht.«

Das Fenster begann in allen möglichen Farben zu blinken. Dann erschallte ein Glockenton und auf einmal erschien ein Bild in dem Fenster, das die Betrachter sehr traurig stimmte. Sie sahen wie Frederike blass und unbeweglich in einem Bett lag. Emmas Augen füllten sich mit Tränen. »Meiner Schwester scheint es nicht gut zu gehen«, schniefte sie. »Wie können wir ihr bloß helfen?«

»Vorerst können wir leider nichts tun«, wiegelte der Prinz ab. »Wir müssen uns auf den Sieg über die Eisfee und den Zauberer Goldhand konzentrieren. Dann erst können wir ins Schloss, um nach Frederike zu sehen.«

Dann sagte der Prinz mit gepresster Stimme: »Frage bitte das Wahrheitsfenster nach Prinzessin Alina.«

»Wahrheitsfenster, fünf, sechs, sieben, acht, zeige mir, was Prinzessin Alina macht.«

Das Wahrheitsfenster blickte wieder in allen möglichen Farben. Danach erschallte der Glockenton und es erschien wieder ein Bild. Als der Prinz darauf blickte, war er einer Ohnmacht nahe. Prinzessin Alina lag in einem gläsernen Sarg im Keller des Schlosses. Vor dem Sarg stand der treue Diener Hans und betete.

»Es tut mir so Leid«, hauchte Timmi. Emma zitterten die Knien so sehr, dass sie sich auf den flauschigen Teppich setzen musste.

»Vielleicht befragst du das Fenster noch nach eurer Lehrerin«, sagte der Prinz leise. Ihm war elend zumute. Er konnte sich aber jetzt seinem Schmerz nicht hingeben. Als Herrscher von Glücksstadt musste er an das Wohlergehen seiner Untertanen denken. Er war verpflichtet, dafür zu kämpfen, dass die Eiszeit aus Salomè verschwindet.

»Wahrheitsfenster, fünf, sechs, sieben, acht, zeige mir, was Frau Engel macht«, rief Timmi.

Nachdem das Wahrheitsfenster abermals farbenfroh geblickt hatte, der Glockenton erklungen war, tauchte Olivia auf wie sie mit Brilli durch die Nebenstraßen lief. Sie schien geweint zu haben, denn ihre Augen waren rot und geschwollen.

»Frau Engel hat den Prinzen Michael gewiss noch nicht gefunden«, meinte Timmi. »Sie sieht sehr unglücklich aus.«

»Leider gibt das Wahrheitsfenster keine Auskunft darüber, was im Voraus geschehen ist«, sagte der Prinz. »Aber nun wollen wir uns noch die Eisfee Undine und den Zauberer Goldhand zeigen lassen.«

»Das geht leider nicht vor morgen«, verkündete Timmi kleinlaut. »Fee Sardine hat gesagt, dass das Wahrheitsfenster am Tag nur dreimal Wünsche erfüllen kann.«

Plötzlich hörten sie eine Stimme rufen. Schnell rannten sie aus dem Regenbogenzimmer heraus und die Treppen hinunter. In der Eingangshalle stand Gideon und strahlte. Er rief: »Auftrag erfolgreich ausgeführt. Die Eisfee Undine und der Zauberer Goldhand sind auf dem Weg hierher.«

»Gut gemacht, mein Sohn. Wir werden uns am besten verstecken«, sagte der Prinz. »Gigantila muss es allein schaffen, die Eisfee zum Schmelzen zu bringen. Dann können wir uns um Goldhand kümmern. Kommt, wir gehen in das Zimmer mit dem blauen Ohrensessel. Da ist es schön gemütlich.«

Die Eisfee war außer sich gewesen, als Gideon auf Minkus vor dem Schlosstor Radau machte. Angelockt von den ungestümen Rufen hatte sie mit unfreundlicher Miene das Schlosstor geöffnet.

Hinter ihr stand Goldhand mit finsterer Miene. Zunächst konnte sie aber niemanden entdecken, da Gideon noch unsichtbar war. Gerade wollte die Eisfee genervt das Schlosstor wieder schließen, als Gideon die Feder aus dem Mund nahm und rief: »Eisfee, ich würde lieber nach Trollhausen zurückkehren, denn da wartet ein Mädchen auf dich. Und es sagte, dass es dich besiegen wird.«

Die Eisfee schrie in den höchsten Tönen: »Du Unseliger, ich verwandle dich in eine Eisstatue. Und dich, du treuloser Schimmel, gleich mit.« Aber noch bevor Undine einen Zauberspruch aussprechen konnte, nahm Gideon die goldene Feder in den Mund und ritt unsichtbar aus dem Schlosspark heraus.

Nun schrie die Eisfee noch schriller. »Goldhand, wir fliegen nach Trollhausen. Das Mädchen ist schon so gut wie eingefroren.«

Goldhand seufzte und verwandelte sich in einen Adler. Die Eisfee hatte ihre weißen Schwingen bereits ausgebreitet und hob majestätisch vom Boden ab.

Gigantila wurde von Prinz Christian davon in Kenntnis gesetzt, dass die Eisfee Undine und der Zauberer Goldhand bereits auf den Weg nach Trollhausen waren. Daraufhin ging Gigantila mit Riesenschritten zu einem der verschneiten Felder am Rande von Trollhausen. Sie setzte sich im Schneidersitz mitten auf das Feld zwischen all den Trümmerteilen, die dort verstreut herumlagen.

Lange brauchte sie nicht ausharren, da hörte sie das Flügelschlagen der Adler. Nun richtete sie sich auf und hielt ihre Riesenhände hoch. Die Eisfee und der Zauberer konnten Gigantila natürlich nicht übersehen. Undine krächzte wütend: »Sieh dir dieses unverschämte Riesengör an. Sie will uns den Weg versperren. Aber nicht mit mir!«

Sie wollte landen, um sich in ihre Menschengestalt zurückzuverwandeln, aber Gigantila war schneller. Sie fing den weißen Adler mit den Händen ein. Den anderen Adler ließ sie weiterfliegen. Sie wollte nur mit Undine Freundschaft schließen.

Die Eisfee war sehr überrascht, als sie in Gigantilas Händen in der Falle saß. Damit hatte sie nicht gerechnet. Gigantila ließ nur den weißen Kopf des Adlers mit dem spitzen, gelben Schnabel herausschauen.

»Hallo! Schön, dich kennen zu lernen. Ich habe auf dich gewartet, denn ich möchte mit dir Freundschaft schließen.«

Der Adler konnte sich in der Hand des Riesenmädchens nicht bewegen. »Was faselst du da für einen Unsinn. Lass mich frei oder ich verwandle dich in eine Eisstatue!«, krächzte die Eisfee ungehalten.

Gigantila sah Undine lange in ihre schwarzen Adleraugen. Nach einer ganzen Weile öffnete sie ihre Hand und der Adler hätte wegfliegen können. Aber die mächtigen Flügel schienen auf einmal aus Blei zu sein. Undine krächzte matt einen Zauberspruch und verwandelte sich in ihre Menschengestalt zurück.

Nun saß sie wie ein Häufchen Elend auf Gigantilas Handfläche.

»Was ist mit mir los?«, klagte sie und fasste sich an ihr Herz. »In meiner Brust sticht es. Ich fühle mich schwach. Hilf mir. Bring mich in mein Schloss, damit ich mich ausruhen und neue Kraft schöpfen kann.« Sie dachte an Beißer, der sie durch einen Biss wieder auf die Beine bringen würde. Die kleine Schlange legte sie immer, bevor sie sich in einen Adler verwandelte, in ihr Bett. Was sie nicht ahnen konnte, war, dass noch jemand anderes Interesse an Beißer hatte.

Gigantila strich mit ihren Fingerspitzen zart über Undines glänzende schwarze Haare. Dabei schaute sie die Eisfee vertrauensvoll an. Undine schrie erschrocken auf:

»Was machst du da, du Riesengör?« Sie fasste sich an ihr Herz.

Gigantila erwiderte erstaunt: »Ich mache doch gar nichts. Ich bin nur nett zu dir.«

»Niemand ist je nett zu mir gewesen«, entgegnete Undine patzig. »Ich war immer böse und werde es immer sein. Schon als Kind habe ich gemeine Dinge getan. Meine Schwester, die Fee Sardine, hat mich von Anfang an gehasst. Warum bist du ausgerechnet nett zu mir?« Undine krümmte sich vor den Schmerzen in ihrer Brust.

»Ich möchte deine Freundin sein. Für mich gibt es keine bösen Menschen«, antwortete Gigantila aufrichtig und ging auf das Feenschloss zu. Sie brauchte nur ein paar Schritte zu machen. Vor dem Schlosspark blieb sie stehen. Mit ihren langen Armen konnte sie die entkräftete Undine vor dem Schlosstor absetzen.

»Nun kannst du dich hinlegen. Ich warte solange, bis es dir wieder besser geht«, sagte Gigantila freundlich. »Dann können wir uns weiter unterhalten wie beste Freundinnen.«

»Nein, nein«, wehrte Undine ängstlich ab, »du verschwindest am besten gleich. Ich will dich nie wieder sehen.« Gebückt ging Undine in das Schloss, getrieben von den Gedanken an Beißer, der ihre Rettung sein sollte. Sie merkte, dass ihr Herz zu schmelzen anfing. Daran war nur dieses gutmütige Riesenmädchen Schuld. Sie wollte es hassen, aber sie konnte es nicht.

Auf dem Weg in ihr Schlafzimmer zog sie eine Wasserspur hinterher.

Sie schaffte es mühsam bis zu ihrer Schlafzimmertür. Schwer atmend öffnete sie die Tür. Aber in ihrem Bett lag schon jemand. Es war Goldhand, der Beißer in der Hand hielt. Er war dabei, die kleine Schlange zu erwürgen. Damit wollte er sich an Beißer rächen, weil der sich über ihn lustig gemacht hatte. Beißer hatte sein Maul weit aufgerissen und seine gespaltene Zunge hing heraus.

»Goldhand, nein«, seufzte Undine und sank zusammen. Eine große Wasserlache ergoss sich blitzartig über die Dielen. In ihr schwammen das hellblaue Kleid von Undine, ihre weißen Stiefel und ihre schwarzen Haare.

Goldhand drückte ein letztes Mal Beißers Luftröhre zusammen. Der Kopf der Schlange fiel nach vornüber. Angewidert schleuderte Goldhand den toten Beißer in die Ecke. Seine Hände waren über und über von Schlangenbissen übersät. Er fühlte sich gestärkt und bereit, die Macht an sich zu reißen.

Aber wie sollte er aus dem Pakt, den er mit der Eisfee geschlossen hatte, entkommen? Seine Seele gehörte der Eisfee. Und nun war sie besiegt. Eine Pfütze war von ihr über, sonst nichts. Er konnte sich zwar nicht zusammenreimen, was Undine so überraschend dahingerafft hatte, aber er gönnte der herrschsüchtigen Eisfee den Tod. Undine hatte ihm kein Wort darüber gesagt, wie es nach ihrem Dahinscheiden weitergehen würde. Er sah sich um. Nichts geschah. Er fühlte sich sicher. So, nun habe ich wieder die alleinige Macht, dachte er beschwingt und wollte zur Tür gehen.

Plötzlich wurde er aus seinen Gedanken gerissen, denn warme Sonnenstrahlen trafen auf sein Gesicht. Er hörte Vögel zwitschern. Er rannte zum Fenster, an dem die Eisblumen in Windeseile abgetaut waren. Der Schnee in Trollhausen schmolz so schnell wie Butter in einer heißen Bratpfanne. Schon sprossen die ersten Knospen an den Bäumen.

Goldhand hörte auf dem Gang Stimmen. Es war also jemand im Schloss. Es konnten nur Feinde sein, denn Freunde hatte er keine. Er musste ganz vorsichtig sein. Durch Beißers Bisse fühlte er sich für neue abscheuliche Zaubereien gestärkt.

Er drehte sich um und wäre vor Schreck fast in Ohnmacht gefallen. Die Wasserlache der Fee Undine war samt den anderen Überbleibseln verschwunden. Goldhands Herz klopfte ihm bis zum Hals. Das konnte nichts Gutes bedeuten.

Am besten wäre es, ich fliege zur Kristallhöhle, dachte er nervös, dort kann ich vorerst untertauchen. Er murmelte einen Zauberspruch.

Aber er hatte ihn noch nicht zu Ende ausgesprochen, da hallte die unbarmherzige Stimme der Eisfee in seinem Kopf.

»Du hast mir deine Seele verkauft, Goldhand. Du kannst dich unserem Pakt nicht entziehen. Es ist gut, dass du dir durch Beißer neue Kräfte geholt hast. Die gehen auf mich über und ich werde stärker sein als zuvor. Allerdings kann ich dir nicht verzeihen, dass du meinen kleinen Freund so kaltblütig umgebracht hast. Dafür wirst du büßen. Dein seelenloser Körper wird keine Ruhe finden. Du wirst verdammt sein, bis in alle Zeit als Schatten durch das Zauberland zu reisen, um Angst und Schrecken zu verbreiten. Jetzt gehe in den Keller zur heiligen Quelle von Trollhausen. Auf der Stelle!«

Goldhand lief gegen seinen Willen los, denn er hatte keine Kontrolle mehr über seinen Körper.

In der Zwischenzeit waren Prinz Christian, Gideon, Timmi und Emma aus dem Zimmer mit dem blauen Ohrensessel gestürzt. Sie wussten, dass die Eisfee nun besiegt war, denn es war wieder Sommer in Salomè eingezogen. Sie vergaßen in ihrer Freude, dass der Zauberer Goldhand noch Unheil treiben konnte.

Goldhand war gerade auf den Weg in den Keller, als er seine Widersacher auf dem Gang entlangrennen sah. Sie wollten zu Gigantila, um ihr zu ihrem Sieg über die Eisfee Undine zu gratulieren. Emma hatte es aus irgendeinem Grund magisch in den Keller gezogen und hatte sich von den Freunden getrennt.

Goldhand murmelte mit böser Miene einen Zauberspruch. Abrupt blieben der Prinz, Gideon und Timmi stehen. Sie konnten nur noch mit den Augen rollen. Der Zauberer lachte hämisch und rannte getrieben von einer unsichtbaren Kraft die Kellertreppe hinunter.

Emma war bereits im Keller angekommen. Sie vernahm aufgeregte Stimmen hinter der verschlossenen Holztür. Gerade wollte sie versuchen, die Tür zu öffnen, als sie Schritte hörte. Sie drängte sich dicht an die Wand, wo es am dunkelsten im Keller war. Von dort hatte sie einen guten Blick auf die heilige Quelle von Trollhausen. Was sie auf der klaren Wasseroberfläche sah, ließ ihr den Atem stocken. Undines hellblaues Kleid, ihre schwarzen, langen Haare und ihre Schuhe schwammen in der Quelle.

Sie hatte sich noch nicht von dem Schock erholt, als Goldhand mit verschränkten Armen im Keller stand. Er wurde förmlich zu der Quelle gezogen. Er bot Widerstand, aber unsichtbare Hände zerrten an seinem Umhang. Emma zitterte am ganzen Körper vor Angst. Die Stimmen hinter der Holztür waren verstummt.

Goldhand stand nun genau vor der Quelle. »Verschon mich, Undine!«, rief er verzweifelt. Aber er konnte sich nicht mehr auf den Beinen halten und plumpste in das Wasser, welches sich sofort rot verfärbte. Lautes Stöhnen entwich dem brodelnden Wasser. Nach einer Weile beruhigte sich die Quelle wieder und das Wasser war klar. Und dann musste sich Emma ganz fest die Hand auf den Mund pressen, weil sie sonst laut losgebrüllt hätte.

Die Quelle spuckte die Eisfee Undine aus. Sie lachte laut und strich sich über ihre schwarzen Haare, die aber kürzer, lockiger und zu einem Zopf zusammengebunden waren. Übermütig zupfte sie an ihrem hellblauen Kleid herum und rief: »Na ja, mit deinen Haaren werde ich leben müssen, Goldhand. Aber was soll es. Die gleiche Haarfarbe haben wir ja zumindest. So, nun muss ich aber los. Ich habe viel zu tun.«

Die Rache der Eisfee

Emma kam mit wackligen Knien aus ihrer dunklen Ecke hervor. Sie ging zu der Holztür und hielt ihr Ohr daran. Leises Gemurmel war zu vernehmen.

»Hallo, wer ist da?«, rief Emma.

»Lass uns heraus«, antwortete eine Stimme, die Emma sehr bekannt vorkam.

»Lukas«, schrie sie aufgeregt. »Warte, ich will versuchen, die Tür zu öffnen.« Sie rüttelte heftig an der Türklinke. Aber die Tür war verschlossen. Verzweifelt schaute sie sich um.

Plötzlich hörte sie die Stimme der Fee Sardine in ihrem Kopf: »Bespritze die Tür mit Wasser aus der heiligen Quelle!«

Emma stürzte zu der Quelle. Sie nahm eine Handvoll Wasser heraus und klatschte es an die Holztür. Es knarkste in der alten Tür. Dann sprangen die verrosteten Türangeln heraus. Die Tür krachte auf den Steinfußboden. Lukas kam als Erster aus dem dunklen Verlies. Ihm folgten Kinder aller Altersklassen. Ängstlich schauten sie sich um. Bald war Emma von einer großen Kinderschar umringt.

Lukas sagte: »Die Eisfee hatte uns in Eisstatuen verwandelt. Wir sind zwar erlöst, haben aber durch ein Astloch mitbekommen, dass die Eisfee noch lebt. Wir sind also alle in großer Gefahr. Zum Glück bin ich wieder Herr meines Selbst. Nichts ist schlimmer als wenn ein anderer Macht über dich hat.«

»Dafür ist Goldhand nun in der heiligen Quelle verschwunden«, sagte Emma. »Aber ich habe einen dunklen Schatten gesehen, der aus dem Wasser emporgestiegen ist. Ich habe mich richtig gegruselt.«

»Ach, das war bestimmt bloß Einbildung. Wir müssen erst einmal erkunden, welche Pläne die neugeborene Eisfee hat«, schlug Lukas vor. »Sag einmal, wo ist denn der Rest der Truppe?«

»Das ist eine lange, traurige Geschichte«, antwortete Emma bedrückt. »Aber Timmi ist hier im Schloss mit Prinz Christian und dessen Sohn Gideon.«

»Na, dann lass uns sehen, wo sie sind«, sagte Lukas.

»Was wird aus uns?«, fragte ängstlich eines der erretteten Kinder.

»Ehrlich gesagt, habe ich keine Ahnung«, antwortete Lukas betroffen. »Ihr könnt nicht gemütlich durch das Zauberreich nach Hause marschieren, wenn die Eisfee noch nicht endgültig besiegt ist.«

»Die Kinder sind im Hexenschloss von Aurelia in Sicherheit«, hallte es auf einmal durch den Keller. Es war die Stimme der Fee Sardine. »Gigantila wird sie führen. Sie hat ihre Mission erfüllt und kann nun den Heimweg antreten.«

»Wer ist Gigantila?«, fragte Lukas erstaunt.

»Sie ist ein Riesenmädchen«, antwortete Emma. »Die Eisfee hat Angst vor Gigantila, deshalb wird sie es nicht wagen, sie und die Kinder anzugreifen.«

Leise und dicht an die Wand gedrängt, stiegen die Kinder die Kellertreppe empor.

Undine eilte unterdessen in den Thronsaal. Auf dem Weg dorthin kam sie an den Prinzen, Gideon und Timmi vorbei. Steif standen die drei in geduckter Körperhaltung auf dem Gang.

Als sie die Eisfee sahen, rollten sie entsetzt mit den Augen. Undine lachte schrill und rief belustigt: »Nun sieh sich doch einer einmal diese Jammergestalten an. Nur mit den Augen können sie rollen. Na, dann macht eure Augengymnastik schön weiter.« Noch einmal ließ sie ein gehässiges, schrilles Gelächter ertönen und ging beschwingt weiter.

Sie riss die Tür vom Thronsaal auf und nahm jetzt erst wahr, dass es ihr heiß war. Sie wischte sich die Schweiß-tropfen von der Stirn. Sie schaute zu den großen Fens-tern. Ihr Herz begann zu rasen. Es ist ja Sommer, dachte sie entgeistert. Für einen Moment verlor sie die Fassung und ließ sich auf den Thronsessel fallen. Das sie daran nicht gedacht hatte.

In dem Augenblick, in dem sie schmolz, war der Bann der Eiszeit über Salomè gebrochen. Sie musste eine neue Eiszeit ausrufen. Ihr Körper straffte sich. Aber es gab ein Problem. Sie würde wie alle anderen Lebewesen frieren und hungern müssen, denn nur Beißer könnte sie gegen Kälte und Hunger unempfindlich machen. Nervös strich sie sich über den schwarzen Zopf und dachte fieberhaft nach. Aber als Eisfee im Sommer würde es ihr zuse-hends schlechter gehen. Seufzend wischte sie sich dicke Schweißtropfen von der Stirn. Sie hatte keine Wahl und ging schwankend zu einem der Fenster. Stöhnend öff-nete sie die Fensterflügel. Es verschlug ihr fast den Atem. Die Hitze war unerträglich. Sie riss sich zusammen und breitete ihre Arme aus. Nun schloss sie die Augen und rief. »Sonne, verschone mich. Himmel, verdunkle dich. Winde, kommt herbei. Bringt Schnee und Eis vorbei.«

Die Sonne verschwand augenblicklich hinter dicken schwarzen Wolken. Ein heftiger Wind blies durch die Äste der Bäume. Große Schneeflocken tanzten durch die schnell erkaltete Luft. Die ersten jungen Triebe der Bäume und Sträucher erfroren kläglich. Das fröhliche Vogelkonzert verstummte abrupt.

Die Eisfee Undine stand noch immer mit geschlossenen Augen vor dem Fenster. Sie verzog keine Miene, als die stürmischen, eisigen Winde ihren blauen Umhang flattern ließen. Langsam merkte sie wie ihr die Kälte durch die Glieder kroch und ihr Wohlbefinden schenkte.

Mit einem genussvollen Lächeln auf den Lippen öffnete sie ihre Augen. Was sie erblickte, stimmte sie glücklich. Ein dichter Flockenwirbel hatte der Landschaft eine weiße Mütze übergestülpt.

Sie konnte durch das Schneetreiben jedoch nicht weiter als bis in den Schlossgarten sehen. Das war auch gut so, denn sonst hätte die Eisfee Gigantila entdeckt, wie sie die bibbernde Kinderschar zum Hexenschloss führte. Die Kleinsten unter ihnen reisten bequem auf den großen Handflächen des Riesenmädchens. Und zwei der Schwächsten der ausgehungerten Kinder durften tatsächlich auf Trikas Rücken reiten, der sich dazu entschlossen hatte, Gigantila ins Hexenschloss zu begleiten. Er hatte Hoffnung, dort irgendeinen Hinweis darauf zu finden wie er auf seine normale Größe schrumpfen konnte.

Undine schloss befriedigt das Fenster, auf dem sich in Windeseile die herrlichsten Eisblumen ausbreiteten.

Nun setzte sie sich mit Grazie auf den Thronsessel und begann zu überlegen, wie sie sich rächen konnte. Alle wollte sie strafen, die dazu beigetragen hatten, dass sie besiegt worden war. Sie kam zu dem Schluss, dass sie nach Glücksstadt fliegen sollte. Dort wollte sie zunächst einen Schneider aufsuchen, denn sie kannte keinen Zauberspruch, der ihr warme Kleidung bescherte. Ihr ganzer Körper war mit einer Gänsehaut überzogen. Das erste Mal in ihrem Leben fror sie. Und Hunger hatte sie auch. In Glücksstadt bekomme ich bestimmt auch etwas zu essen. Dass sie nun menschliche Bedürfnisse hatte, gefiel ihr gar nicht. Sie ging aus dem Thronsaal heraus und lief mit schrillem Gelächter an den drei Bewegungslosen vorbei, die abermals heftig anfingen mit den Augen zu rollen. Dann stürmte sie die Treppen hinunter, ohne Emma und Lukas zu bemerken, die sich in der Vorhalle hinter zwei Ritterrüstungen verbargen. Sie hatten zuvor Barnabas, Minkus und Kasimir über die Vorgänge im Schloss aufgeklärt und ihnen vorgeschlagen, dass sie sich in dem alten Pferdestall verstecken sollten bis nach ihnen gerufen wurde.

Die Eisfee riss die Schlosstür auf und schlang bibbernd ihre Arme um ihren schmalen Körper. Mit Wut im Bauch über das scheußliche Gefühl des Frierens verwandelte sie sich in den weißen Adler und flog laut krächzend los. Sie bemerkte nicht, dass ihr ein Schatten folgte.

Lukas und Emma kamen hinter ihren Verstecken hervor. »Die Eisfee sind wir vorerst los«, sagte Emma erleichtert. »Lass uns in der oberen Etage nach den anderen suchen.«

»Einverstanden«, sagte Lukas und ging die Treppe hoch. Dabei sah er sich immer wieder prüfend um, denn er wollte sicher gehen, dass ihnen niemand folgte.

Lange brauchten sie auf dem langen Schlossgang nicht suchen, da sahen sie die drei bewegungslosen Kampfgefährten. Freudig rollten sie mit den Augen, als sie Emma und Lukas sahen.

»Mist«, sagte Lukas und fasste den Prinzen an seine Hand. »Wie sollen wir Euch denn erlösen?« Der Prinz rollte hilflos mit seinen dunkelbraunen Augen.

»Auch hier steht euch das Wasser aus der heiligen Quelle zu Diensten. Aber ihr müsst euch beeilen, sonst ist die Quelle zugefroren«, hallte plötzlich die Stimme der Fee Sardine durch den Schlossgang. »Bespritzt die Verzauberten mit dem Wasser. Aber achtet darauf, dass ihr jedes Körperteil benetzt!«

Lukas und Emma rannten in den Keller zurück. Die heilige Quelle war schon fast zugefroren. Nur an einer Stelle war noch eine Senke mit Wasser über der Eisschicht. Schnell lief Lukas in das Verlies, wo er als Eisstatue ausharren musste. Er hatte dort ein Regal mit verbeulten Metallschüsseln gesehen.

Lukas ergriff eine der Schüsseln und flitzte zur Quelle. Hastig schöpfte er den kläglichen Rest des Wassers vom Eis hinunter. Er sah in die Schüssel und sagte: »Na, hoffentlich reicht die Pfütze, um die drei zu erlösen.«

Nun liefen sie rasch zu den Verzauberten zurück.

»Gleich seid ihr wieder die Alten!«, rief Emma aufgeregt. Sie tauchte ihre Fingerspitzen in das Wasser und bespritzte Timmi damit. Lukas benetzte den Prinzen und Gideon mit dem heiligen Wasser.

Timmi konnte schon fast alle Gliedmaßen bewegen. Nur ein Arm war noch bewegungsunfähig. »Emma, ich brauche noch einen Spritzer Wasser. Mein Arm ist noch steif wie ein Brett.«

Emma titschte ihre Finger in die Schüssel. Aber sie war leer. »Lukas, ich brauche noch Wasser!«, schrie sie aufgelöst.

»Ich doch auch, Mensch«, rief Lukas hektisch und zeigte auf Prinz Christian, dessen Körper zwar voll funktionstüchtig war, aber sein Gesicht war noch zur Maske erstarrt. Der Prinz rollte traurig mit den Augen.

»Ich renne in den Keller und hole noch Wasser«, sagte Gideon, der als einziger vollständig erlöst war. Er ergriff die Schüssel und flitzte den Gang entlang.

»Wer ist der Junge?« Lukas schaute erstaunt Gideon hinterher.

»Das ist der Sohn von Prinz Christian und Prinzessin Alina«, erklärte Emma. »Und wundere dich nicht darüber, dass Gideon genauso alt ist wie ich. Er wächst in einem Monat soviel wie andere Kinder in einem Jahr.«

Lukas holte tief Luft. »Wow, das ist krass«, meinte er.

Timmi wartete sehnsüchtig auf Gideon. Er wollte endlich seinen steifen Arm loswerden.

Er hatte noch kein Wort zu Lukas gesagt. So richtig passte es ihm nicht, jetzt seinen Weg mit dem Großkotz fortsetzen zu müssen. Lukas wollte bestimmt den Ton angeben.

Gideons Schritte kamen näher. Aber er hatte keine Schüssel in der Hand. »Nichts zu machen«, rief er schon von Weitem. »Die Quelle ist vollständig zugefroren. Ich wollte ein paar Eisstückchen herausschlagen, aber nicht ein klitzekleiner Splitter ist herausgesprungen.«

»Dann müssen Timmi und dein Vater so mitkommen«, legte Lukas fest. »Ist die Eisfee besiegt, sind die Gelenke wieder geschmeidig.«

»Du kannst klug daher reden«, rief Timmi böse. »Dich betrifft es ja nicht.«

»Aber Recht hat er«, sagte Gideon. »Mein Vater hat auch keine Wahl. Ihm wäre es bestimmt auch lieber, wenn er wieder lachen könnte.« Gideon lehnte sich an seinen Vater an, der ihn zärtlich über seine blonden Haare strich.

»Ich schätze, die Eisfee ist nach Glücksstadt geflogen«, mutmaßte Emma. »Wir werden ihr folgen, denn wir müssen sowieso nach Glücksstadt, weil da Frau Engel und Frederike sind.«

»Wir haben Barnabas und Minkus, die uns in Windeseile nach Glücksstadt bringen werden«, sagte Timmi stolz. »Aber draußen ist es schon Nacht. Wir übernachten hier im Schloss, dann sind wir morgen fit.«

»Na, da hat wohl der Meister gesprochen«, sagte Lukas von oben herab.

»Wenn es dir nicht passt, läufst du eben nach Glücksstadt«, konterte Timmi beleidigt zurück.

»Mein Vater und ich übernachten in dem Zimmer mit dem blauen Ohrensessel«, sagte Gideon. »Wir sehen uns dann morgen früh.«

»Schlaf gut, Gideon«, sagte Emma und umarmte spontan den überraschten Jungen. Der Prinz streichelte Emma gerührt über den Kopf. Er fand es wunderbar, dass sich Emma und Gideon so gut verstanden.

Lukas fiel dazu nur ein Wort ein. »Weiber«, murmelte er. Dann sagte er: »Lasst uns in die Zimmer gehen, in denen wir die Nacht vor ein paar Monaten vor unserer Abreise aus Salomè verbracht haben. Da schlafen wir bestimmt besonders gut.«

Gegen den Vorschlag hatte niemand etwas einzuwenden. Die Zimmer fanden sie schnell.

Lukas schmiss sich auf das weiche Bett. Jetzt erst merkte er, dass er fror und Hunger hatte. Timmi und Emma hatten dicke Wintersachen an. Er trug nur die leichten Sachen, die ihm die Eisfee übergestülpt hatte. Und der Schlangenbiss gegen die Unempfindlichkeit von Kälte und Hunger wirkte nicht mehr. Er stand auf und wühlte in den Kommoden herum, die in seinem Zimmer standen. Er fand noch ein paar Decken, die er auf sein Bett schmiss. Gerade wollte er die unterste Schublade wieder schließen, weil er dachte, sie sei leer, als er etwas Rotes leuchten sah.

Nun war Lukas Neugierde geweckt. Er griff in die Schublade und holte einen zerfurchten Stein in der Größe einer Kokosnuss hervor, in dem ein roter, taubeneigroßer Edelstein steckte.

Plötzlich erwachte der Stein zum Leben. Die vordere zerfurchte Ansicht des Steines entpuppte sich als Gesicht. Der Stein machte seine Augen auf, gähnte herzhaft und meckerte: »He, du da! Lege mich sofort wieder in die Schublade, hurtig, hurtig. Ich mache schon seit einiger Zeit dort meinen Schönheitsschlaf.«

Lukas sah den Stein nicht zum ersten Mal. Auf seiner letzten Reise hatte er die Bekanntschaft mit ihm gemacht. Es war der Kundschafterstein, der eigentlich vor ein paar Monaten mit dem Prinzen Michael nach Glücksstadt reisen wollte. Deshalb sagte Lukas: »Tag, Kundschafterstein. Wir sind uns hier im Schloss schon einmal begegnet. Aber ich wundere mich, dich hier schlafend anzutreffen, wo du doch dem Prinzen Michael Gesellschaft leisten wolltest.«

»Ja, das habe ich auch, hurtig, hurtig. Prinz Micheal gab mich aber seinem Bruder, dem Prinzen Christian, als Geschenk für die Fee Sardine mit. Die Fee Sardine sagte zwar, dass sie kein Geschenk für ihre Dienste annehme, aber Prinz Christian bestand darauf. Und so landete ich hier in dieser Schublade, in der ich glücklich vor mich hingeträumt habe, bis du mich geweckt hast.«

»Da hast du leider Pech gehabt, Kundschafterstein«, sagte Lukas großmäulig. »Du hast lange genug geschlafen. Du stehst ab jetzt in meinen Diensten.«

Beleidigt schloss der Kundschafterstein seine Augen und zog sein Gesicht in noch tiefere Falten, als es ohnehin schon hatte.

»Pah, es nützt dir ja doch nichts, auf stur zu stellen. Du musst mir sowieso gehorchen.«

Lukas legte den Stein auf sein Nachtschränkchen und kuschelte sich in die Decken ein. Unruhig warf er sich hin und her. Nein, er konnte nicht schlafen. Er setzte sich auf und fasste einen Plan. Er hatte keine Lust, mit den anderen nach Glücksstadt zu reiten. Vor allem, weil Timmi sich bestimmt wieder aufspielen würde, da der Schimmel Barnabas sein Freund war.

Die Suppe werde ich ihm gehörig versalzen, dachte

Lukas. Er hängte sich eine der Decken um und griff nach dem Kundschafterstein.

Dann schlich er sich aus sein Zimmer, die Treppe hinunter und machte die Schlosstür ganz vorsichtig auf. Es war eine sternenklare, kalte Nacht. Lukas mummelte sich in die Decke ein. Nur seine Hand mit dem Kundschafterstein ließ er herausgucken. Er flüsterte: »Du fliegst jetzt zu den Schimmeln und sagst Barnabas, er soll zum Schlosseingang kommen, weil Timmi dort auf ihn wartet.«

Der Kundschafterstein musste gehorchen. Egal, wer ihn besaß, dessen Befehle musste er ausführen. Also surrte er durch die Luft, geradewegs in den Pferdestall. Als Barnabas hörte, dass Timmi etwas von ihm wollte, überlegte er nicht und galoppierte zum Schlosseingang. Noch schneller als der Schimmel, flog der Kundschafterstein zu Lukas zurück. »Auftrag ausgeführt, hurtig, hurtig«, vermeldete er, als Lukas ihn abgefangen hatte.

Dann stand auch schon Barnabas vor Lukas. »Du?«, fragte der Schimmel verwundert. »Wo ist Timmi?«

»Pass auf, Barnabas«, sagte Lukas kalt, »wir sind nicht gerade Freunde. Aber ich würde mir überlegen, was du jetzt tust. Ich will, dass du mich sofort nach Glücksstadt bringst. Weigerst du dich, könnte es sein, dass ich die Eisfee dazu bringe, Minkus wieder zu verzaubern.«

Barnabas nickte mit dem Kopf und wieherte: »Schon gut, ich bringe dich nach Glücksstadt. Steige auf und wickele dich in deine Decke ein. Die Nacht ist eisig.«

Kaum saß Lukas auf Barnabas, preschte dieser im Galopp davon.

Beim Schneider Karl Bonifatius

Barnabas fand auch in der Nacht den Weg nach Glücksstadt spielend. Im Nu standen sie vor dem geschlossenen Stadttor. Bibbernd glitt Lukas von dem Schimmel hinunter und zog ein paar Mal seine Nase kräftig hoch, da sie durch die Kälte unentwegt lief.

»Das Ziel ist erreicht«, wieherte Barnabas und warf seinen Kopf nach oben. »Ich laufe jetzt nach Trollhausen zurück. Soll ich deinen Freunden etwas ausrichten?«

»Ja, das kannst du«, antwortete Lukas überheblich. »Sage ihnen, dass ich schon einmal in Glücksstadt die Lage peile, damit wir beim Kampf gegen die Eisfee keine böse Überraschung erleben.«

Barnabas stieg nach oben und verschwand im Tunnel. Sein Hufgeklapper verhallte langsam.

Lukas klopfte an das grüne Stadttor. Zunächst tat sich nichts dahinter. Aber Lukas versuchte es weiter.

Dann endlich hörte er die genervte Stimme von Wolfhard: »Wer besitzt die Frechheit, den Chef der Hundepolizei mitten in der Nacht aus dem Schlaf zu trommeln?«

»Mach schnell auf, Wolfhard«, rief Lukas erleichtert. »Ich will zum Schneider Karl Bonifatius.« Den gutmütigen Schneider kannte er von seiner ersten Reise durch das Zauberreich. Karl Bonifatius würde ihm bestimmt ein schickes Winteroutfit nähen.

Quietschend ging das Stadttor auf. Ein grimmig blickender Wolfhard empfing Lukas mürrisch. »Denkst du, Karl Bonifatius ist erpicht darauf, mitten in der Nacht von dir aus dem Bett geschmissen zu werden.«

»Erpicht ist er bestimmt nicht darauf, aber er hat ein gutes Herz und wird mich in sein Haus bitten.«

»Komm, ich bringe dich zum Haus von meinem ehemaligen Gönner, wau, wau. Vielleicht hat er ja noch einen Hundekeks für mich übrig«, sagte Wolfhard träumerisch. Er dachte gern an die geruhsame Zeit, in der er bei dem Schneider als Haustier gelebt hatte und den ganzen Tag mit Leckereien verwöhnt wurde.

»Wo sind denn die anderen eurer kleinen Kompanie?«, fragte Wolfhard neugierig, während er mit Lukas entlang der Hauptstraße lief.

»Sie kommen morgen nach.«

»Die Glücksstädter werden froh sein, wenn sie erfahren, dass ihre Retter nahen«, sagte Wolfhard bedrückt. »Die Menschen sind ins tiefste Unglück gestürzt, als die Eiszeit erneut ausbrach. Überall waren die Klagerufe der Menschen zu hören.«

»Ist die Eisfee schon im Schloss?«

»Nicht, dass ich es wüsste«, antwortete Wolfhard erstaunt. Mittlerweile standen sie vor dem Schneiderladen mit der großen goldenen Schere über der Tür.

Lukas klopfte ungeduldig gegen die Glasscheibe. In der oberen Etage ging ein Fenster auf und Karl Bonifatius fragte verschlafen: »Wer stört da meine wohlverdiente Nachtruhe?«

»Dein alter Hausgenosse Wolfhard bittet um ein Hundekeks, wau, wau«, bellte Wolfhard leise, um die Nachbarn nicht aufzuwecken. »Und ich bringe dir einen Gast mit.«

»Noch einen Gast«, brabbelte Karl Bonifatius. »Ich habe schon einen Gast.«

»Was murmelt er da?«, fragte Lukas nervös.

Aber bevor Wolfhard antworten konnte, schloss der Schneider in einem seidenen Morgenmantel die Tür auf. Als er sie öffnete, war ein heller Glockenklang zu vernehmen. Sofort ging im Nachbarhaus ein Fenster auf und ein Mann rief: »Alles in Ordnung, Herr Bonifatius?«

»Ja, danke der Nachfrage. Kein Einbruch, nur gute Freunde.«

Der Nachbar schloss beruhigt sein Fenster.

Karl Bonifatius hingen seine langen, grauen Haare im Gesicht. Mit einer grazilen Handbewegung warf er sie nach hinten und reichte Wolfhard einen großen Hundekeks. »Nimm ihn schnell, sonst ess ich ihn aus lauter Hunger selbst auf«, sagte er augenzwinkernd.

Wolfhard griff gierig nach dem Keks, der sogleich in der riesigen Schnauze verschwunden war. Anschließend verabschiedete er sich, um seinen Posten im Wachhäuschen am Stadttor wieder zu beziehen.

Der Schneider streckte seine Hände nach Lukas aus und sagte: »Schön, dich wieder zu sehen. Und wie du bei der Kälte herumläufst. Du willst dir wohl den Tod holen? Da muss sich aber der gute Karl etwas einfallen lassen. Aber erst morgen früh.« Er gähnte herzhaft.

Er zog Lukas in den Schneiderladen und verschloss die Glastür. »Komm, mein Junge, ich bringe dich in meine Wohnstube. Da steht eine bequeme Liege. Mein Gästezimmer ist leider belegt, weißt du.«

Lukas hatte noch nicht ein Wort gesagt und schon lag er in dicke, kuschelige Wolldecken eingepackt auf einer weichen Liege in der Gewissheit, dass der Schneider ihm warme Wintersachen nähen würde. Er schlief sofort ein, nachdem der Schneider die Wohnstube verlassen hatte.

Im Feenschloss in Trollhausen wachte Timmi zeitig auf. Er sprang aus seinem Bett und rieb sich den hungrigen Bauch. Aber mehr als ein paar Krümel Schnee würde es wohl nicht zum Frühstück geben. Er streckte sich ein paar Mal, stand auf und verließ das Zimmer.

Prinz Christian war auch schon auf dem Gang unterwegs. Er winkte Timmi zu sich. Da er nicht sprechen konnte, zeigte er auf ein Fenster. Timmi verstand. Der Prinz wollte mit ihm zu dem Wahrheitsfenster gehen.

Im Regenbogenzimmer angekommen, sagte Timmi: »Wahrheitsfenster, fünf, sechs, sieben, acht, zeige mir was die Eisfee macht.«

Das Wahrheitsfenster blinkte in den vielfältigsten Farben. Dann erschallte der Glockenklang. Nun erschien ein Bild in dem Fenster. Timmi und der Prinz schauten sich fragend an, denn sie sahen die Eisfee schlafend in einem Bett in einem fremden Zimmer liegen. Sie war bis zu ihrer weißen Nasenspitze zugedeckt. Über ihrem Bett schwebte bedrohlich ein dunkler Schatten.

»Wo ist die Eisfee?«, fragte Timmi erstaunt. Der Prinz zuckte mit den Schultern.

»Hm, na dann werden wir einmal sehen, ob uns das Wahrheitsfenster das Haus zeigen kann, in dem die Eisfee schläft«, murmelte Timmi. Laut sagte er: »Wahrheitsfenster, fünf, sechs, sieben, acht, zeige mir, wo die Eisfee ihr Schläfchen macht.«

Das Bild mit der schlafenden Eisfee erlosch und das Wahrheitsfenster begann in grellen Farben zu blinken.

Es erklang die Glocke und danach erschien das Haus des Schneiders in dem Fenster. Die grünen Fensterläden in der oberen Etage waren noch verschlossen.

»Das ist das Haus von Karl Bonifatius«, rief Timmi erstaunt. »Was macht denn die Eisfee Undine dort?«

Der Prinz konnte sich denken, dass die Eisfee sich warme Sachen bei dem Schneider besorgen wollte. Auch er hatte für sich, Prinzessin Alina und Gideon von Karl Bonifatius warme Kleidung nähen lassen. Der Schneider besaß im Keller seines Hauses ein Lager mit Stoffen aller Art. Darunter waren auch dicke wärmende Stoffe, Felle von erlegten und teilweise ausgestorbenen Tieren und feinstes Leder in allen möglichen Farben.

Karl Bonifatius machte es sogar großen Spaß Winterkleidung zu nähen. Bisher hatten die reichen Glücksstädter nur leichte Kleider aus hochwertiger Seide geordert.

Prinz Christian zeigte die Umrisse einer Frau. Timmi verstand. Er sollte das Wahrheitsfenster nach Olivia befragen. Am Tag zuvor war Olivia traurig mit Brilli durch die Nebenstraßen gelaufen.

»Wahrheitsfenster, fünf, sechs, sieben, acht, zeige mir, was Frau Engel macht«, sagte Timmi nervös. Er war sehr gespannt wie es seiner ehemaligen Lehrerin ging.

Nach dem blinkenden Farbenspiel und dem kurzen Glockenläuten erschien Olivia wie sie voller Unrast durch den Thronsaal des Schlosses von Glücksstadt lief. Dort hatte sie auch eine schlaflose Nacht verbracht. Unter ihren Augen lagen tiefe Schatten. Brilli folgte ihr auf Schritt und Tritt.

»Gut scheint es Frau Engel nicht zu gehen«, stellte

Timmi mitleidig fest. »Sie ist also im Schloss. Da ist ja auch Frederike. Leider erfahren wir nicht mehr, wie es um sie steht, denn drei Wünsche hat uns das Wahrheitsfenster erfüllt. Alles andere können wir nur an Ort und Stelle herausfinden.«

Der Prinz nickte betroffen. Ein Ende des ganzen Leidens schien noch nicht in Sicht zu sein. Auf dem Gang kamen ihnen aufgeregt Gideon und Emma entgegen.

»Lukas ist nicht auffindbar«, schrie Emma. »Er wird uns doch hoffentlich nicht an die Eisfee verraten haben.«

»Da kann ich dich beruhigen«, sagte Timmi. »Die Eisfee schläft tief und fest bei Karl Bonifatius im Haus.«

»Na, da hat sie sich aber ein lauschiges Plätzchen ausgesucht«, meinte Gideon. »Der Schneider hat nicht nur einen Keller voller Stoffe, sondern auch eine reich gefüllte Speisekammer. Wenn ich zur Anprobe bei ihm war, hat er mich immer mit Leckereien verwöhnt. Aber ich durfte niemanden davon etwas erzählen.«

»Miau«, ertönte es plötzlich hinter ihnen. Kasimir war durch ein angelehntes Fenster ins Schloss gekommen. Er maunzte: »Einen schönen Gruß von Barnabas. Er lässt euch bestellen, dass er Lukas heute Nacht nach Glücksstadt bringen musste. Lukas hat auch den Kundschafterstein an sich gerissen.«

»Ich wusste, dass man diesem Großkotz nicht trauen kann«, sagte Timmi aufgebracht. »Ich möchte wissen, was er für abscheuliche Pläne hat. Wie ist er bloß an den Kundschafterstein gekommen?«

Prinz Christian rollte aufgeregt mit den Augen.

»Lasst uns nach Glücksstadt reiten, dann erfahren wir alles«, sagte Gideon, der sich nun für die Mission, die Eisfee zu besiegen, verantwortlich fühlte, weil sein Vater nicht im Vollbesitz seiner Kräfte war. Dass der Zauberer Goldhand seine Mutter auf dem Gewissen hatte, hatte ihm sein Vater zum Glück nicht erzählt. So war er nicht durch die Trauer um seine Mutter abgelenkt und voller Tatendrang, Salomé endgültig von der Eiszeit zu befreien.

Kasimir sprang voran, der Prinz, Gideon, Timmi und Emma folgten ihm. Die Schimmel warteten bereits vor dem Schlosseingang.

Timmi ging zu Barnabas, der ihn freudig wiehernd begrüßte. Der Prinz half ihm auf den Rücken des Schimmels. Auf Grund seines steifen Armes war Timmi in seinen Handlungen sehr eingeschränkt, was ihm gehörig auf die Nerven ging.

Hinter Timmi schwang sich Emma auf Barnabas. Zwischen ihnen klemmte Kasimir. Der miaute kläglich, hatte er auf den rasanten Ritt doch so gar keine Lust. Aber allein nach Glücksstadt zu wandern, wollte er auch nicht.

Als der Prinz und Gideon auf Minkus aufsaßen, galoppierten die Schimmel los. Dieses Mal brauchten sie einige Zeit länger bis sie mit Schaum vor dem Maul am Stadttor von Glücksstadt ankamen. Das kam daher, weil sie die doppelte Last tragen mussten und ihre Kraftreserven fast aufgebraucht waren.

Timmi erschrak sich, als er von Barnabas vorsichtig herabgerutscht war und die Schimmel so abgekämpft sah. Barnabas sagte: »Sollte die Eiszeit nicht bald ein Ende haben, werden wir nicht mehr lange leben. Timmi, du brauchst mich nicht mehr rufen, denn ich könnte dir nicht mehr helfen. Minkus und mir bleibt nichts anderes übrig, als unsere Herde zu finden und mit unseren Artgenossen zu hoffen, dass ihr die Eiszeit verbannen könnt.«

»Nehmt mich bitte mit«, maunzte Kasimir, »auf dem Weg hierher ist mir klar geworden, dass ich ins Hexenschloss gehöre zu Trikas und Gigantila.«

Minkus nickte verständnisvoll. Aus seinen blauen Augen war vor Entkräftung aller Glanz verschwunden. »Wir nehmen dich gern zu deinem Sohn mit. Halte dich an meiner Mähne fest.«

Emma streichelte Kasimir wehmütig. Sie fühlte, dass sie den schwarzen Kater vor ihrer Abreise aus dem Zauberland nicht noch einmal sehen würde.

Langsam trabten die Schimmel durch den Tunnel zurück. Timmi schaute ihnen betroffen hinterher.

Der Prinz klopfte schon aufgeregt an das Stadttor. Es dauerte nicht lange und Wolfhard öffnete ihnen. Der zottige Hund machte große Augen, als er die Ankömmlinge sah. Nun waren alle Kämpfer aus dem fernen Lande in Glückstadt eingetroffen. Sie mussten nur noch zueinander finden.

»Kommt herein, wau, wau«, bellte Wolfhard aufgekratzt. »Ich habe das Gefühl, dass das Ende der Eiszeit naht. Gideon ist bei Euch, verehrter Prinz. Wie wunderbar.« Wolfhard gab dem Prinzen freudig seine Pranke, zog sie aber erschreckt wieder zurück, als er sah, dass der Prinz Opfer eines Zaubers war. Dann bemerkte er, dass mit Timmi auch nicht alles in Ordnung war. »Es tut mir Leid, dass es nicht allen von euch gut geht, wau, wau. Wo ich helfen kann, helfe ich euch gern.«

»Schon gut, Wolfhard«, mischte sich Gideon selbstbewusst ein. »Hast du eine Ahnung, wo Lukas in Glücksstadt hinwollte?«

»Ja, er ist beim Schneider Karl Bonifatius.«

»Wie bitte?« Timmi stand der Mund offen vor Überraschung. Sollte Lukas sie doch an die Eisfee verraten haben.

»Ich schlage vor, wir gehen gleich alle zu dem Schneiderladen. Wolfhard, du kommst mit, denn die Eisfee hält sich dort auch auf. Du bist gut bewaffnet. Wir müssen sie besiegen.«

»Denkst du, dass man die Eisfee mit einem Dolch das Leben nehmen kann? Vielleicht muss wieder jemand mit ihr Freundschaft schließen und so ihr Eisherz zum Schmelzen bringen.«

»Das war einmal«, erklärte Gideon. »Mein Vater hat mir einmal erzählt, dass böse Mächte nie zweimal in der gleichen Art und Weise besiegt werden können.« Der Prinz nickte heftig.

Mit flauem Gefühl in der Magengegend machten sie sich auf den Weg zum Schneiderladen. Gideon überlegte krampfhaft wie die Eisfee besiegt werden könnte. Aber ihm fiel nichts weiter ein als sie mit Wolfhards Waffen zu bekämpfen.

Von Weitem sahen sie schon die goldene Schere in der aufgehenden Sonne blinken.

»Halt«, sagte Gideon, »wir brauchen eine Strategie wie wir die Eisfee überrumpeln.«

Die Augen des Prinzen leuchteten voller Stolz. Sein Sohn zeigte die Klugheit und den Mut des zukünftigen Herrschers über Salomè.

»Einer von uns geht erst einmal in den Schneiderladen und tut so, als wenn er sich neue Wintersachen nähen lassen will. Dabei kann derjenige auskundschaften, wo Lukas und die Eisfee sind«, schlug Timmi vor.

»Ja, nicht schlecht, die Idee«, meinte Gideon anerkennend, »aber mich kennt der Schneider. Das wäre nicht so gut.«

»Ich kann gehen«, sagte Emma, »mich hat der Schneider noch nie zu Gesicht bekommen.«

Gideon sagte zuversichtlich: »Du bist die geeignete Spionin.«

Emma lief los und die anderen versteckten sich unter einem der Portale der prunkvollen Geschäfte. Selbstbewusst öffnete Emma die schwere Glastür des Schneiderladens. Ein heller Glockenklang erschallte. Hinter dem grünen Samtvorhang kam beschwingt Karl Bonifatius hervor. Auf seinem Kopf trug er ein grünes Hütchen, das er anscheinend als Nadelkissen benutzte, denn es war über und über mit Nadeln verschiedener Größen gespickt. Er zwirbelte seinen nach oben gedrehten grauen Schnauzer und fragte Emma freundlich: »Wie kann ich dem jungen Fräulein behilflich sein?«

»Ich brauche neue warme Sachen. Ich bin eine Cousine der Prinzessin Alina. Es kommt also nicht auf den Preis an«, antwortete Emma ohne mit der Wimper zu zucken. Sie wollte den Schneider neugierig machen. Und sie hatte sich nicht getäuscht.

»Kommt, gnädiges Fräulein«, sagte Karl Bonifatius und machte einen Bückling. »Ich führe Euch in mein Warenlager. Dort könnt Ihr Euch in Ruhe die Stoffe Eurer Wahl aussuchen. In der Zwischenzeit kann ich noch den Wintermantel der anderen Cousine der Prinzessin fertig nähen, die im Ankleidezimmer bei Kaffee und Kuchen wartet. Scheint heute ein Tag der Cousinen zu sein.«

Emma stockte fast der Atem. Da hatte die Eisfee also den gleichen Einfall wie sie gehabt.

»Ich will der anderen Cousine aber nicht begegnen«, sagte sie schnell. »Ihr könnt die Stoffe selbst aussuchen. Auf Wiedersehen!«

Emma rannte aus dem Laden. Karl Bonifatius schaute ihr kopfschüttelnd hinterher.

Atemlos kam Emma bei den anderen an. »Die Eisfee lässt sich einen Wintermantel von Karl Bonifatius nähen und sitzt im Ankleidezimmer«, sagte sie aufgeregt. »Aber ich wollte sie nicht sehen, denn die Eisfee kennt mich ja.«

»Die Information reicht uns für den Zugriff auf die Eisfee«, sagte Gideon bestimmt. »Wir stürmen den Laden. Wolfhard, du erstichst die Eisfee mit einem deiner scharfen Dolche.«

Da keiner einen besseren Vorschlag hatte, setzten sie sich in Gang. Ohne zu zögern öffneten sie die Eingangstür. Noch bevor der Glockenklang verklungen war, stürmten sie in den hinteren Teil des Ladens, voran Wolfhard, der in jeder seiner mächtigen Pranken einen riesigen Dolch hielt.

Aber sie kamen zu spät, denn in der Zwischenzeit hatte sich Dramatisches im Schneiderladen abgespielt. Die Eisfee hatte das Gespräch zwischen dem Schneider und Emma gehört. Die Stimme des Mädchens kam ihr bekannt vor. Und als sie durch den Vorhang lugte, erspähte sie Emma. Gerade wollte sie ihren Zauberspruch aussprechen, da rannte Emma aus dem Laden. Also verzauberte sie den Schneider in eine Eisstatue, als er das Ankleidezimmer betrat.

Im selben Augenblick kam Lukas herein. Er war gerade aufgestanden und wusste noch gar nicht, dass er mit der Eisfee unter einem Dach geschlafen hatte. Er konnte gar nichts sagen, denn die Eisfee fackelte nicht lange und Lukas war wieder eine Eisstatue. Danach riss sie das Terrassenfenster auf, nahm die Gestalt des weißen Adlers an und flog Richtung Schloss.

»Wir kommen zu spät«, rief Gideon enttäuscht. »Undine ist gewiss zum Schloss geflogen. Meine Mutter ist in Gefahr. Wir müssen schnell der Eisfee folgen.«

Prinz Christian rollte hilflos mit den Augen. Aber weder Timmi und Emma waren in der Lage, Gideon die Wahrheit zu sagen.

»Lasst uns den Kundschafterstein suchen«, schlug Emma vor. »Lukas trug ihn nicht bei sich, sonst würde man eine Huckel in der Eisstatue erkennen können.« Sie strich über die glatte Eisschicht, die Lukas Körper umhüllte.

»Ich kenne mich im Haus aus, wau, wau«, bellte Wolfhard. »Wenn die Eisfee im Gästezimmer übernachtet hat, durfte Lukas bestimmt auf der weichen Liege im Wohnzimmer schlafen. Dort hat er bestimmt den Kundschafterstein versteckt.« Er sollte nicht enttäuscht werden. Der Kundschafterstein lag unter der flauschigen Wolldecke auf der Liege.

»Na endlich komme ich wieder ans Tageslicht, hurtig, hurtig«, rief der Kundschafterstein erleichtert. »Hallo, Freunde«, sagte er dann erfreut, als er in die Runde sah.

»Du kannst uns gleich einen Dienst erweisen und auskundschaften, was die Eisfee im Schloss treibt«, begrüßte ihn Wolfhard.

»Ich werde mein Bestes versuchen, hurtig, hurtig. Lasst mich kundschaften!«

Die Prophezeiung erfüllt sich

Wolfhard schickte den Kundschafterstein durch die offene Terrassentür los. Wie ein Pfeil schoss der Stein durch die klare Winterluft. Lange brauchten sie nicht zu warten und es surrte über ihnen. Wolfhard fing den Kundschafterstein ab. Aufgekratzt berichtete dieser: »Die Eisfee sitzt hochnäsig im Thronsessel. Eine braunhaarige Frau steht mit gesenktem Kopf vor ihr. Und ein Hund sitzt mit heraushängender Zunge neben der Frau. Der Hund ist im Vergleich zu dir, Wolfhard, allerdings ein Zwerg.«

»Das sind Frau Engel und Brilli!«, rief Emma aufgeregt. »Die Eisfee will sie bestimmt auch in Eisstatuen verwandeln.«

»Hast du meine Mutter gesehen?«, fragte Gideon. Der Kundschafterstein tat so, als hätte er die Frage nicht gehört und sagte: »Ich an eurer Stelle würde schnell ins Schloss laufen, um zu retten, was zu retten ist.«

»Ich würde gern den Kundschafterstein tragen«, bettelte Emma.

»Hier hast du ihn und dann nichts wie los, wau,wau«, bellte Wolfhard.

Ohne weitere Unterhaltung hetzten sie zum Schloss. Die Kälte und ihren Hunger spürten sie vor Aufregung nicht mehr. Wolfhard hielt wieder zwei scharfe, lange Dolche in den Pranken, als sie den Schlossgarten betraten.

Schnell hatten sie die Schlosstür erreicht. Leise öffnete Gideon die schwere Tür. Am liebsten hätte er nach seiner

Mutter gerufen, aber er riss zusammen. Wolfhard wollte die Treppe zum Thronsaal hochstürzen. Aber Gideon erfasste sein zotteliges Fell und flüsterte: »Halt, wir müssen die Eisfee mit ihren eigenen Waffen besiegen, sonst sind wir Eisstatuen, bevor du überhaupt den Dolch gegen sie richten kannst.«

»Wie meinst du das?« Timmi verstand nur Bahnhof. Er fühlte sich bereit, sich wie ein Tiger auf die Eisfee zu stürzen. Ihm kam es vor, als ob er Bärenkräfte hätte. Vor seinen Augen spielte sich immer wieder der gleiche Film ab. Die Mädchen seiner Klasse feierten ihn als großen Helden.

»Am besten wäre es, die Eisfee würde sich selbst in eine Eisstatue verwandeln. Eis zerbricht in Millionen von Splittern, wenn man einen Stein dagegen wirft. Und der Kundschafterstein hätte seine helle Freude daran, die Eisfee ins Jenseits zu befördern«, erklärte Gideon seine Idee selbstsicher.

»Ach, das ist doch sinnlos, auch nur darüber nachzudenken«, winkte Timmi ab. »Die Eisfee ist doch nicht so blöd und verwandelt sich selbst in eine Eisstatue.«

»Und wenn doch.« Emma machte ein spitzbübisches Gesicht. »Frederike besitzt unzählige Märchenbücher. Neulich habe ich mir eines mal ausgeborgt. Ich glaube, ich habe da etwas gelesen, was uns helfen könnte. Vertraut mir. Wir gehen gemeinsam in den Thronsaal. Versagt mein Plan, dann könnt ihr euch immer noch auf die Eisfee stürzen.«

Sie gingen voller Zuversicht hintereinander die Treppe hinauf. Gideon war der Erste. Unbemerkt erreichten sie den Thronsaal. Vorsichtig öffnete Gideon die große, verschnörkelte, weiße Holztür. Er spähte hinein. Leise lehnte er die Tür wieder an und wisperte: »Die Frau und der Hund sind Eisstatuen. Die Eisfee sitzt im Thronsessel und scheint vor sich hin zu dösen.«

»Ich bin bereit für den Kampf«, flüsterte Emma und holte tief Luft. »Ich gehe zuerst hinein, ihr folgt mir.«

Emma öffnete mit schweißnassen Händen die Tür des Thronsaales. Ihr Herz schlug wie eine Basstrommel. Sie hatte in einem Märchen gelesen, dass man böse Feen bei ihrer Eitelkeit packen musste, um sie zu besiegen. Bevor die Eisfee etwas sagen konnte, rief Emma: »Guten Tag, schöne Eisfee. Meine Freunde und ich sind gekommen, um Euch unsere Ergebenheit zu bekunden.«

Emma fiel auf die Knie. Die anderen taten es ihr gleich, obwohl sie den Sinn nicht verstanden. Die Eisfee war überrascht. Sie brachte kein Wort über die Lippen. Ihr Plan, dass die Menschen sie um Gnade bitten, schien aufzugehen.

»Wir möchten in Eure Dienste treten«, sagte Emma demütig und stellte sich wieder hin, hielt ihren Blick aber gesenkt. »Wir sehen ein, dass Ihr große Macht besitzt.« Sie zeigte auf die Eisstatuen von Olivia und Brilli. »Nur in einem sind meine Freunde und ich uns noch nicht einig. Gideon hier«, Emma zeigte auf den Sohn des Prinzen, der ohne Furcht der Eisfee in ihre kalten, blauen Augen sah, »ist einfach nicht von mir zu überzeugen, dass Ihr die größte Zauberin aller Zeiten seid. Er sagt, andere in Eisstatuen zu verwandeln ist keine außergewöhnliche Kunst. Das kann jeder Stümper. Aber sich selbst in eine Eisstatue zu verwandeln, dass kann nur die Königin aller Feen. Und er traut es Euch nicht zu.«

Die Eisfee schaute hochmütig auf Gideon herab und sagte selbstgefällig: »Ich werde dir beweisen, dass ich die Königin unter den Feen bin. Du wirst mir noch die Füße küssen vor Ergebenheit.« Sie stellte sich erhaben vor den Thronsessel, hob die Arme nach oben und murmelte einen Zauberspruch. Blitzartig verwandelte sie sich in eine durchsichtige Eisstatue.

Jetzt musste Emma schnell handeln. Sie nahm den Kundschafterstein und flüsterte aufgeregt: »Fliege mitten durch die Eisfee hindurch!«

»Hurtig, hurtig!«, rief der Kundschafterstein begeistert. Emma holte kräftig aus und ließ den Kundschafterstein durch die Luft surren. Mit seiner gewaltigen Kraft prallte der Kundschafterstein auf die Eisstatue der Eisfee und durchschlug problemlos deren Oberkörper. Die Eisfee zerbarst in Unmengen von Eissplittern. Diese verteilten sich klirrend über den ganzen Thronsaal.

»Hurra, es ist geschafft. Wir sind die Sieger über das Böse«, rief Emma übermütig und fing den Kundschafterstein wieder auf. Sie fiel Gideon in die Arme.

Ein schauriges Lachen erfüllte plötzlich den Thronsaal. Ängstlich schauten sich alle um, aber es war niemand zu sehen. Der Schatten, der durch den Thronsaal schoss und dann durch das Fenster verschwand, blieb unbemerkt.

»Hu, das war aber gruselig«, meinte Emma. Sie hatte immer noch vor Angst den Kopf eingezogen.

»Vielleicht war das der Geist der Eisfee«, meinte Timmi und duckte sich.

Das Lachen war von der befreiten Seele des Zauberers Goldhand gekommen, die sich mit ihrem Schatten wieder vereint hatte. Nun war Goldhands Seele bereit, sich auf die Suche nach einem neuen Körper zu begeben.

Timmi schaute missmutig auf seinen Arm, der immer noch steif war. Auch der Prinz war nicht erlöst. Überhaupt hatte sich nichts getan. Keine wärmende Sonne schien durch die großen Fensterflügel.

»Was machen wir nun?«, fragte Timmi. Insgeheim fühlte er Genugtuung, dass Emmas Plan nicht ganz aufgegangen war.

Emma überlegte fieberhaft. Hatte sie etwas übersehen? Instinktiv hob sie einige der Eisstücke auf und umschloss sie mit ihren Fingern. Nach einer Weile tropfte Wasser durch ihre Faust.

Auf einmal rief der Prinz: »Mein Gesicht, es ist wieder beweglich. Und ich kann sprechen.«

Gideon umarmte seinen Vater voller Freude.

»Wir müssen die Eissplitter zum Schmelzen bringen!«, rief Emma aufgeregt. »Das ist des Rätsels Lösung.«

Nun war keiner mehr zu bremsen. Jeder nahm so viel Eissplitter auf wie er konnte und brachte sie durch seine Körperwärme zum Schmelzen.

Kurze Zeit später tanzte Timmi durch den Thronsaal, wedelte mit seinem Arm und jubelte: »Seht her, ich bin wieder heil, heil, heil!«

Nun schienen wärmende Sonnenstrahlen durch die großen Fensterflügel und tauten die restlichen Eissplitter auf. Überall standen kleine Pfützen auf den Holzdielen.

Von Olivias und Brillis Eisstatuen tropfte es unaufhörlich. Der Prinz riss die großen Fensterflügel auf und frohlockte: »Die Eiszeit ist verbannt. Wir sind erlöst.«

In dem Moment schüttelten sich Olivia und Brilli die letzten kleinen Eisstückchen vom Leib.

Die Freude über das Wiedersehen war riesengroß. Aber schnell waren die Sorgen wieder da. Keiner wusste wie es Frederike geht. Und Gideon würde nun die Wahrheit über seine Mutter erfahren müssen.

Deshalb sagte Prinz Christian: »Komm, wir gehen jetzt zu deiner Mutter.« Er nahm Gideon bei der Hand und ging mit ihm aus dem Thronsaal hinaus.

»Und wir gehen zu Frederike«, schlug Olivia vor.

Beklommen liefen Olivia, Timmi und Emma los. Brilli folgte mit eingezogenem Schwanz. Ihm saß der Schreck der Verwandlung in eine Eisstatue noch zu sehr in den Gliedern.

Auf dem Gang kam ihnen der erlöste Leibarzt der Prinzessin entgegen. Er sagte: »Ich habe soeben nach dem Mädchen gesehen, aber sie ist noch immer nicht bei Bewusstsein. Leider kann ich nichts für sie tun.« Dann setzte er seinen Weg eilig fort.

Emmas Augen füllten sich mit Tränen. Das Zauberreich hatte sie erretten können, aber ihre Schwester nicht.

»Kommt, lasst uns zu Frederike gehen«, drängelte Olivia. »Vielleicht wacht sie ja auf, wenn du mit ihr sprichst.« Sie schaute aufmunternd zu Emma.

Leise öffneten sie die Zimmertür. Sie sollten eine große Überraschung erleben. Vor Frederikes Bett stand Fee Sardine mit Leon auf dem Arm. Olivia kamen die Tränen. Sie ging zu der Fee, die ihr den laut jauchzenden Leon übergab. Der böse Zauber war von ihm abgefallen. Zärtlich drückte Olivia ihren Sohn an sich.

Fee Sardine sagte: »Liebe Emma, meine Prophezeiung, dass nur ein Kind aus dem fernen Land unser Zauberreich erretten kann, hat sich nun doch noch erfüllt. Du bist eine ganz Große.«

Timmi fühlte Neid in sich hochsteigen. Dreimal war er nun schon auf so beschwerliche Art und Weise durch das Zauberreich gereist, aber den Ruhm des Erfolges sahnten immer die Mädchen ab. Emma sogar schon zum zweiten Mal.

»Frederike hat eine sehr schwere Gehirnerschütterung erlitten«, fuhr Fee Sardine fort und strich dem bewusstlosen Mädchen über die Haare. »Aber du kannst sie wieder gesund machen, Emma. Ich warte nur noch auf meinen Abgesandten.«

Plötzlich tauchte Jakob, der Troll mit den gelben, lockigen Haaren aus dem Rat der Weisen, auf und vermeldete: »Auftrag ausgeführt. Hier ist das Wasser aus der heiligen Quelle von Trollhausen.« Er reichte die Phiole seiner Herrin, der Fee Sardine, rückte seine Brille zurecht und sagte: »Grüßt Frederike schön von mir. Ihre Brille sitzt immer noch wie angegossen. Leider kann ich nicht bei euch bleiben, da es in Trollhausen viel zu tun gibt.«

Er löste sich vor den erstaunten Augen der Kinder in Luft auf. Fee Sardine hatte es den sieben Mitgliedern des Rates der Weisen beigebracht wie sie sich entmaterialisieren konnten, um so blitzartig an einem anderen Ort wieder auftauchen zu können.

Die Fee machte die Phiole auf und überreichte sie Emma. »Du hast es verdient, deine Schwester wieder ins Leben zurückzuholen. Benetze mit dem Wasser ihre Lippen, dann wird sie bereit sein, die Phiole auszutrinken.«

Emma hatte ihre Aufregung kaum unter Kontrolle. Ihre Hände zitterten so sehr, dass es ihr schwer fiel, das kleine Fläschchen ruhig an Frederikes Mund zu halten. Aber sie schaffte es, dass ihre Schwester auch das letzte Tröpfchen des kostbaren, heilsamen Wassers schluckte. Und dann geschah das Wunder.

Frederike schlug ihre Augen auf und setzte sich erstaunt hoch. »Was ist geschehen? Ihr seht mich ja an, als wenn ich von den Toten auferstanden wäre.«

»Ich glaube, im Moment bin ich überflüssig«, mischte sich Fee Sardine ein. »Auf mich wartet noch eine wichtige Aufgabe.« Rosa Rauch umfasste die Fee. Als er sich auflöste, war Sardine verschwunden.

Olivia mit Leon auf dem Arm, Timmi und Emma nahmen auf dem Bett neben Frederike Platz. Sie wollte alles Geschehene haarklein erzählt haben. Sie konnte sich nicht mehr daran erinnern, was passiert war.

Fee Sardine stand unterdessen im Keller beim Prinzen Christian und Gideon. Sie starrten auf den gläsernen Sarg, in dem die Prinzessin lag, als ob sie schlief. Aber sie atmete nicht. Der treue Diener Hans hatte die ganze Zeit bei seiner Herrin ausgeharrt.

»Nehmt den gläsernen Sargdeckel hinunter!«, forderte Fee Sardine den Prinzen und den Diener auf. Sie taten, was ihnen geheißen wurde, obwohl sie nicht wussten, wozu es gut sein sollte. Gideon fühlte sich elend vor Trauer um seine geliebte Mutter.

»Die Zeit für immer ins Reich der Toten überzugehen, ist für die Prinzessin Alina noch nicht gekommen. Sie hat ihre Aufgaben in ihrem Leben noch nicht zu

Ende erfüllt«, sagte die Fee. Prinz Christian schaute hoffnungsvoll Fee Sardine an. Der Diener Hans faltete seine Hände zum Gebet. Gideons Augen füllten sich mit Tränen. Gab es noch eine Chance, seine Mutter wieder zum Leben zu erwecken?

»Die Prinzessin wird sehr geliebt«, fuhr Sardine fort. »Und Liebe ist die stärkste Kraft im Leben. Schließt eure Augen und stellt euch vor wie die Liebe aus euern Herzen in das Herz der Prinzessin fließt.«

Der Prinz, Gideon und der treue Diener Hans, der die Prinzessin auch in den schwersten Zeiten nie in Stich gelassen hatte, schlossen die Augen. Aus ihren Herzen ergossen sich goldene Strahlen. Goldene Lichtpunkte erhellten den düsteren Keller und fielen auf die Prinzessin herab. Auf einmal begann sie zu atmen und schlug die Augen auf. Verdattert stieg sie aus dem gläsernen Sarg heraus. Prinz Christian und der Diener Hans halfen ihr dabei. Gideon warf sich in die Arme seiner Mutter und rief: »Ich reiße nie wieder aus. Du sollst dir nie wieder Sorgen um mich machen müssen.« Alina drückte ihren Sohn an sich.

Anschließend umarmte der Prinz Alina innig. Der Diener Hans gab der Prinzessin freudig seine Hand und kniete sich nieder. Dann sagte er: »Ich werde versuchen, etwas zu Essen aufzutreiben. Guten Wein haben wir ja noch zur Genüge. Eure Auferstehung und die Befreiung unseres Landes von der Eiszeit müssen gefeiert werden.«

Der Prinz wollte der Fee Sardine noch danken, aber sie hatte sich bereits schon wieder in rosa Rauch aufgelöst.

Olivias Entschluss

Fee Sardine erschien wieder im Zimmer bei Olivia und den Kindern. Emma hatte gerade ihre ausführliche Erzählung beendet. Einige Fragen Frederikes blieben aber unbeantwortet. Wo war das Klassenmaskottchen Susi abgeblieben? Was war aus Gigantila, Trikas und den entführten Kindern geworden? Ging es Lukas gut?

Und dann quälten die Kinder die Gedanken um ihre Heimreise. Wie sollten sie jetzt, nachdem Goldfeder nicht mehr am Leben war, nach Hause fliegen?

»Ich sehe in euern Augen die Ungewissheit über die Art und Weise eurer Heimreise«, sagte Fee Sardine prompt, so als ob sie Gedanken lesen konnte.

»Jetzt, wo Salomè befreit ist von Schnee und Eis, möchten wir gern so schnell wie möglich nach Hause reisen, aber Goldfeder gibt es doch nicht mehr«, sagte Emma geknickt.

»Ich habe euch in unser Land geholt«, beruhigte Sardine Emma. »Und ich bringe euch auch wieder heil nach Hause. Nur wie dies geschehen soll, erfahrt ihr erst morgen früh bei eurer Abreise. Heute Abend wird der Sieg über die Eisfee Undine gebührend gefeiert.«

Gerade wollten die Kinder noch ihre drängenden Fragen stellen, da war von der Fee nur noch eine rosa Wolke übrig.

Olivia schaute auf ihren Ring. Sie traute ihren Augen nicht. Das Kristallherz war wieder rot und die kleine

Flamme tanzte auf und nieder. Aber sie konnte sich nicht richtig freuen.

Mit einem unguten Gefühl im Bauch musste sie an den gestrigen Tag denken. Sie hatte das Haus mit dem An- und Verkaufsladen nach längerem Suchen in den Nebenstraßen von Glücksstadt finden können. Der Dicke hatte ihr die Tür geöffnet und sie unfreundlich angeschaut.

»Ich möchte zu Prinz Michael«, hatte sie mit klopfendem Herzen gesagt.

»Hier wohnt kein Prinz Michael!«, hatte der Dicke geschrien und ihr die Tür vor der Nase zugeschlagen.

Nun musste ja der Prinz wieder gesund sein, sonst würde die rote Flamme im Herz des Ringes nicht so lustig umherspringen. Olivia schöpfte neue Hoffnung. Aber zu den Kindern sagte sie noch nichts zu ihrer Entdeckung. Nur Leon flüsterte sie ins Ohr: »Nun wird alles gut.« Aber sie sollte sich getäuscht haben.

»Hallo«, rief es über dem Gang. »Wollt ihr mir mich hier versauern lassen?«

»Das ist doch Lukas«, rief Timmi wenig begeistert. »Na, der kriegt noch eine schöne Abreibung. Immer will er der Größte sein.«

»Ach, lass ihn doch«, beschwichtigte Frederike den aufgebrachten Timmi. »Er bildet sich doch ein, er sei cool.« Aber irgendwie ist er es auch, dachte sie noch bei sich.

Die Kinder machten die Zimmertür auf und riefen im Chor: »Hier sind wir!«

Lukas betrat mit einem überheblichen Grinsen das Zimmer und sagte: »Hey, alle miteinander. Nun brauche ich wohl keine Winterklamotten mehr. Sagt mal, wie kommen wir eigentlich nach Hause?«

»Das wissen wir auch leider nicht. Fee Sardine spannt uns bis zu unserer Abreise morgen früh auf die Folter«, antwortete Emma und wiegte bedächtig ihren Kopf hin und her. Sie konnte sich einfach nicht vorstellen welche Reisemöglichkeit für sie Frage käme.

»Ich bin übrigens nicht allein ins Schloss geeilt«, erzählte Lukas eifrig, »Karl Bonifatius ist auch hier. Er hat Wolfhard beauftragt, zu seinem Haus zu gehen und seinen Handwagen mit den Köstlichkeiten aus seiner geheimen Speisekammer zu beladen, denn irgendein Diener hat den Schneider solange bekniet, bis dieser bereit war, seine gehorteten Esswaren herauszurücken.«

»Jetzt, wo du von Essen sprichst, merke ich meinen knurrenden Magen«, stellte Timmi fest.

»Ich könnte auch etwas Gutes vertragen, wau, wau«, bellte Brilli und leckte über seine Schnauze.

»Wir warten übrigens heute noch auf das Kaninchen, das du uns erjagen wolltest«, sagte Timmi höhnisch. Beleidigt drehte ihm Brilli den Rücken zu.

Es klopfte an der Zimmertür. Emma öffnete die Tür. Der Diener Hans stand davor und sagte: »Die Prinzessin schickt mich zu euch. Ich soll…«

»Halt«, rief da Timmi verständnislos. »Prinzessin Alina ist doch nicht mehr am Leben.«

»Sie konnte wieder erweckt werden«, sagte der Diener Hans, faltete die Hände, schaute nach oben und murmelte ein paar Worte. Danach fuhr er fort: »Ich soll euch in eure Zimmer bringen, damit ihr euch frisch machen könnt. Im Esszimmer werden schon fleißig Tische gedeckt. Ich hole euch dann ab, wenn die Speisen angerichtet sind.«

Die Augen der Kinder strahlten vor Freude darüber, dass die Prinzessin am Leben war. Am meisten freute sich Emma für Gideon, dass er seine Mutter wieder hatte. Da musste sie an ihre Eltern denken und daran, dass sie auf ein Internat gehen sollte. Insgeheim hatte sie sich öfter ausgesponnen, hier im Schloss bei Gideon zu bleiben. Aber dann hatte sie sich etwas anderes vorgenommen. Sie wollte ihren Eltern nach ihrer Rückkehr aus dem Zauberreich versprechen, dass sie ab jetzt fleißig lernen und ihren Eltern besser folgen würde. Durch Gideon hatte sie erfahren, was es heißt, auch wenn es schwierig ist im Leben, nicht aufzugeben und auf andere Rücksicht zu nehmen.

Die Kinder verteilten sich dann auf verschiedene Zimmer. Dort stand schon jeweils eine Waschschüssel bereit. Daneben stand ein gefüllter Wasserkrug und ein Stück Seife lag in einer Schale. Auf den Betten befanden sich einige frische Anziehsachen zur Auswahl.

Wolfhard hatte seinen Untergebenen Bescheid gegeben, dass diese das Personal der Prinzessin zusammentrommeln sollten. Die Hunde sollten den Flüchtigen drohen, wenn sie nicht gehorchten, kämen sie ins Gefängnis. So waren die Bediensteten schnell ins Schloss geeilt, um ihre Pflichten zu erfüllen. Als der Koch all die leckeren Esswaren sah, die Wolfhard ihm in die Küche gestellt hatte, machte er sich sofort an die Arbeit, riesige Fleischberge zu braten und Gemüse zu putzen. Dabei lief ihm das Wasser im Mund zusammen. Den Ofen hatten starke Diener zum Glück schon wieder an seine angestammte Stelle bugsiert.

Olivia bekam mit Leon ein luxuriöses Zimmer in der unteren Etage. Dort war alles in Gold gehalten. Sogar die Seidentapete war über und über mit Goldfäden durchzogen. Neben dem goldenen Himmelbett stand ein goldenes Kinderbett. Dort legte Olivia ihren schlafenden Sohn sofort hinein. Anschließend ging sie zu der goldenen Waschschüssel, um sich frisch zu machen. Dabei fiel ihr Blick in den Spiegel mit dem verschnörkelten goldenen Rahmen, der über der Waschkommode angebracht war.

Erschrocken wich sie vor ihrem eigenen Spiegelbild zurück. Tiefe, dunkle Augenräder lagen unter ihren grünen Augen. Ihr Gesicht war bleich und die Wangen waren hohl. Ihre braunen, halblangen Haare hingen ihr strähnig auf den Schultern.

Sie blickte sich in dem Zimmer um. Mit Freude sah sie ihren Rucksack. Sie hatte sich von zu Hause einige Kosmetikartikel mitgebracht. Sie brauchte eine Rundumerneuerung. Während sie sich unter den primitiven Bedingungen die Haare wusch, fasste sie einen Plan.

Einige Stunden später lief der Diener Hans beschwingt mit einer Glocke durch die Schlossgänge und rief: »Prinz Christian und Prinzessin Alina bitten zu Tisch. Alle Gäste finden sich bitte im Esszimmer ein.«

Laut grölend liefen die Kinder über den Gang. Sie hatten einen Bärenhunger. Vor Aufregung bekamen sie rote Wangen. Frisch gekämmt und gewaschen fühlten sie sich schon viel besser. Emma hatte sich wie die anderen neu eingekleidet. Beim Rennen musste sie allerdings aufpassen, dass sie nicht über das lilafarbene, lange Seidenkleid mit den gelben Strasssteinen stolperte. Sie kam sich wie eine Prinzessin vor.

Frederike schüttelte allerdings missbilligend den Kopf, als sie ihre Schwester in dem langen Kleid sah. Sie hatte sich praktischer angezogen. Sie hatte sich für eine enge Hose und eine rote Rüschenbluse entschieden. Lukas und Timmi trugen zu den schwarzen Pluderhosen Seidenhemden mit einer Weste darüber und sahen damit richtig fesch aus. Brilli lief allen voraus. Seine Nase führte ihn direkt ins Esszimmer.

Olivia war nicht mehr wieder zu erkennen. Die halblangen, gewellten Haare glänzten und mit ein wenig Schminke hatte sie sich Farbe ins Gesicht gezaubert. Leon lag friedlich nuckelnd in seiner Babywippe.

»Frau Engel, Sie haben sich ja richtig schön gemacht«, sagte Frederike bewundernd. »Schade, dass Prinz Michael nicht hier ist.«

Olivia musste schlucken. Dann sagte sie aber lachend: »Kommt, meine kleine Kompanie. Zu unserem Glück fehlt uns jetzt nur noch ein gute Mahlzeit.«

Im Esszimmer brannten auf dem riesigen runden Tisch weiße Kerzen. Überall dampfte es aus diversen Schüsseln heraus. Brilli verputzte bereits seine zweite Portion Fleisch. Ein Diener war nur für das Wohlergehen von Brilli abgestellt worden.

Der Prinz, die Prinzessin und Gideon erhoben sich beim Eintreffen von ihren Gästen von ihren Stühlen.

»Nehmt Platz, liebe Freunde«, empfing sie Alina herzlich.

Olivia und die Kinder setzten sich. Die Diener füllten

die Teller der ausgehungerten Gäste nach ihren Wünschen.

»Das alles haben wir unserem Schneider Karl Bonifatius zu verdanken«, erklärte Prinz Christian und machte eine Handbewegung über den Tisch. »Er hat uns gestanden, dass er in seinem Keller nicht nur eine Menge aller nur erdenklichen Stoffe hortete, sondern dort auch eine geheime Speisekammer besaß, wo er Lebensmittel für schlechte Zeiten aufbewahrte. Nun müsse er wieder neue Lebensmittel auftreiben und sie haltbar machen, hat er uns erklärt. Deshalb hatte er auch keine Zeit bei uns im Schloss zu bleiben.«

»Ich vermisse die kleine Susi«, sagte Alina und guckte die Kinder fragend an. Die Prinzessin hatte für lustige Stoffpuppe mit den lila Haaren und den blauen Augen eine besondere Vorliebe. Schließlich war Susi nach ihrem ersten Abenteuer in Salomè bei der Prinzessin im Schloss geblieben.

»Wolfhard erzählte uns, dass Susi vom Sturm weggetragen wurde, gerade als sie vom Schneider geflickt worden war«, sagte Emma traurig. Ihr bedeutete die Puppe zwar nichts, aber so ein Ende wünschte sie keinem. Frederike tat der Verlust der Trollpuppe sehr weh und hatte ihren Blick gesenkt.

»Dann könnt ihr Susi ja gar nicht morgen früh mit nach Hause nehmen«, sagte der Prinz.

»Fee Sardine könnte doch ihr Wahrheitsfenster nach Susi befragen«, rief Timmi.

»Das ist eine gute Idee, Kinder«, meinte Olivia. »Und jetzt, nachdem ihr so schön gespeist habt, geht auf eure

Zimmer und schlaft.Der Tag morgen wird aufregend genug für euch.«

»Wir sind doch keine Babys mehr«, maulte Lukas.

»Mutter, darf ich meinen Freunden vor dem Schlafen noch mein Kinderzimmer zeigen?«, fragte Gideon.

Die Prinzessin schaute zu Prinz Christian. Der nickte und die Kinder sprangen begeistert auf. Schnell waren sie aus dem Esszimmer verschwunden. Olivia räusperte sich. »Ähm, jetzt wo die Kinder weg sind«, hub sie leise an, »kann ich euch die Neuigkeiten über Prinz Michael erzählen.«

Prinz Christian und die Prinzessin blickten gespannt auf Olivia.

»Prinz Michael ist bei dem Dicken im Haus. Du weißt schon, Alina, dieser unappetitliche Mann mit den Glupschaugen, der uns vor ein paar Monaten in sein stickiges Warenlager gesperrt hatte.« Alina riss erschrocken die Augen auf. Da war der Prinz in keiner guten Gesellschaft.

»Und noch etwas. Schaut hier. Schon seit Stunden lodert die rote Flamme wieder in meinem Ring, was soviel heißt, dass Prinz Michael wieder auf den Beinen ist. Er hätte, wenn er es gewollt hätte, schon längst hier im Schloss sein können.«

»Ich werde sofort einige Leute zu diesem An- und Verkaufsladen des Dicken schicken. Dieser Fettwanst ist mir schon lange ein Dorn im Auge. Ich lasse ihn mit meinem Bruder hierher bringen«, rief Prinz Christian aufgebracht.

»Nein, das kannst du nicht«, mischte sich die Prinzessin ein. »Wir müssen uns an die Gesetze halten. Es liegt im Moment nichts vor gegen den Dicken. Und Prinz

Michael muss freiwillig ins Schloss kommen. Deinen eigenen Bruder kannst du doch nicht wie einen Verbrecher behandeln.«

»Vielleicht ist er nicht Herr über seine Sinne und braucht Hilfe«, hauchte Olivia. »Ich habe einen Entschluss gefasst.« Sie drehte bedächtig den Ring mit dem flammenden Herzen hin und her.

Leise raunte sie: »Ich reise dieses Mal nicht mit den Kindern in meine Heimat zurück. Ich bleibe mit Leon in Salomè und beginne hier mit Prinz Michael ein neues Leben. Morgen, wenn die Kinder abgereist sind, mache ich mich auf den Weg zu dem Dicken. Und dann lasse ich mich nicht abweisen.«

»Das nenne ich Entschlossenheit und Mut«, rief der Prinz. »Darauf stoßen wir an.« Er füllte die Weingläser. »Auf eine glückliche Familienzusammenführung.« Die Gläser stießen klangvoll aneinander.

Olivia gähnte und sagte: »Jetzt bin ich sehr müde. Leon schläft schon die ganze Zeit friedlich. Ich bin froh, dass er so ein braves Baby ist. Sein Vater wird stolz auf ihn sein.«

Sie stand auf, nahm die Babywippe und wünschte Christian und Alina eine gute Nacht.

Ein Abschied mit Schmerzen

Am nächsten Morgen lief Diener Hans wieder mit der Glocke durch die Schlossgänge und rief: »Alle aufstehen! Es gibt Frühstück!«

In die Zimmer der Kinder kam Bewegung. Sie räkelten sich ausgiebig. Die Nacht war ziemlich kurz gewesen. Die Besichtigung des Kinderzimmers von Gideon hatte sich bis Mitternacht hingezogen. Davon wussten die Eltern Gideons allerdings nichts. Auch nicht, dass sich jedes Kind ein Andenken aus seinem Kinderzimmer aussuchen durfte.

Frederike hatte sich gleich auf die Schneekugel mit dem Abbild von der Trollpuppe Susi gestürzt.

Timmi hatte sich einen der weißen, kuscheligen Löwen mit echtem Fell ausgesucht. Die Flügel des Löwen bestanden aus weißen Vogelfedern.

Emma hatte sich lange umgeschaut und sich dann für Gideons Malbuch entschieden. Das hatte er zu seinem achten Geburtstag geschenkt bekommen. Ein Künstler aus Glücksstadt hatte in dem heftgroßen Malbuch Bilder von Gideon, von seinen Eltern, seinem Onkel Prinz Michael, Wolfhard, dem Schneider Karl Bonifatius und anderen wichtigen Persönlichkeiten skizziert. Nun freute sich Emma darüber.

Lukas wollte erst überheblich von dem Babyspielzeug nichts nehmen, entschied sich aber dann für eine kleine, goldene Dose mit einer durchsichtigen, geleeartigen Paste. Das gibt bestimmt ein gutes Haargel ab, dachte er. Gideon hatte die Dose in einem Geheimfach des Thronsessels seines Vaters gefunden und sie heimlich mit in sein Zimmer genommen. Seitdem verstaubte sie unbeachtet in seinem Regal. Er war froh, dass er sie los war.

Am Frühstückstisch im Esszimmer war eine bedrückte Stimmung. Der Abschied aus dem Zauberreich Salomè stand den Kindern bevor. Und sie hatten noch keine Ahnung, dass sie ohne Olivia zurückreisen würden.

Plötzlich erschien roter Rauch neben dem Esstisch, aus dem Fee Sardine hervorkam. Sie war mit einem wallenden, langen, roten Kleid mit einer hellgrünen Schleppe bekleidet. Ihre golden glänzenden Haare schmückte ein silbernes Diadem mit herzförmigen Rubinen.

»Seid ihr für die Heimreise bereit?«, fragte Fee Sardine.

»Wir würden gern wissen, was aus Susi geworden ist«, sagte Frederike und schaute die Fee flehentlich an.

»Da ich die lustige Trollpuppe in eurer Runde vermisst habe, habe ich mein schon mein Wahrheitsfenster befragt«, antwortete Fee Sardine. »Aber es konnte mir kein Bild zeigen, was soviel heißt, dass eure Susi bis in eines der fünf Reiche, die um Glücksstadt angesiedelt sind, geweht wurde. Mein Wahrheitsfenster hat keinen Zugang in diese Reiche, da dort andere Zauberwesen die Macht haben.«

»Oh, da hat sich die Trollpuppe sozusagen aus dem Staub gemacht, ohne sich von uns zu verabschieden«, meinte Lukas trocken.

»Das ist nicht fair von dir, wenn du über Susi schlecht redest«, regte sich Frederike auf. »Obwohl sie so winzig und aus Stoff ist, hat sie uns in der Vergangenheit bei Schwierigkeiten oft geholfen.«

Lukas winkte ab und Frederike schmollte.

»Ich schlage vor, Kinder, wir gehen alle nach draußen, denn die Zeit des Abschiedes naht«, sagte die Fee. »Ich werde alles daran setzen, Susi im Zauberreich aufzuspüren. Wenn ihr uns wieder besucht, seht ihr sie bestimmt wieder.«

»Bevor ich eine neue Reise plane, würde ich erstmal wissen wollen, wie wir diesmal nach Hause kommen«, rief Timmi ungeduldig.

Die Fee ging aus dem Esszimmer heraus. Ihre hellgrüne Schleppe flatterte auf und nieder.

Die Kinder folgten ihr aufgeregt. Gideon und Emma rannten Hand in Hand. Lukas verdrehte darüber die Augen und rief: »Das ist ja wie im Kindergarten!« Emma streckte ihm die Zunge heraus.

Als zwei Diener die beiden Flügel der Schlosstür öffneten, blieben die Kinder ehrfürchtig stehen. Über Nacht war nichts mehr von der Eiszeit übrig geblieben. Im Eiltempo waren die Blumen, Sträucher und Bäume erblüht. Es duftete nach süßem Nektar in der Luft. Insekten aller Größen summten und brummten durch die Gegend. Die Vögel sangen fröhlich ihre Lieder.

»Eine solche Verwandlung der Natur in nur einer Nacht kann es nur in einem Zauberreich geben«, rief Frederike begeistert.

»Für die Feststellung braucht man aber nicht die Beste in der Klasse sein«, meinte Lukas.

»Fee Sardine, wie kommen wir nun nach Hause?«, fragte Timmi enttäuscht. »Ich sehe kein Transportmittel.«

»Lasst uns zu dem Springbrunnen gehen«, sagte die

Fee mit einem geheimnisvollen Grinsen, »ich habe dort jemanden hinbestellt.«

»Wisst Ihr etwas über Gigantila, die Kinder und den zwei Katern Kasimir und Trikas?«, fragte Emma die Fee auf dem Weg zum Springbrunnen.

»Die Kinder haben alle nach Beendigung der Eiszeit gesund und munter den Weg nach Hause gefunden«, antwortete die Fee. »Gigantila und die zwei Kater wollen gemeinsam im Hexenschloss bleiben.«

»Ist Trikas wieder normal groß?«, fragte Emma.

»Nein«, antwortete die Fee bedauernd. »Er hat noch kein Verkleinerungsmittel im Schloss der Hexe Aurelia finden können.«

Emma konnte sich dem Mitleid, das sie für Trikas empfand aber nicht weiter hingeben, denn sie waren am Springbrunnen angelangt. Dort stand ein großer, schlanker, älterer Mann mit einem schwarzen Umhang und einen Zylinder auf dem Kopf.

»Den kennen wir doch«, flüsterte Frederike aufgekratzt.

»Ja, das ist der Zauberer, der zu Gast bei der Fee Sardine war, als wir uns das Willkommensprogramm bei unserem ersten Besuch in Trollhausen angeschaut haben«, stellte Timmi fest.

»Darf ich vorstellen«, sagte Fee Sardine stolz, »das ist mein bester Freund, der Zauberer Ignati. Er lebt im Markusreich und vollbringt dort viel Gutes. Heute kann er uns seine Kunst beweisen.«

Timmi hopste vor Aufregung von einem Bein auf das andere. Dabei wippte sein Rucksack, aus dem der weiße Löwe guckte, auf und nieder.

Der Zauberer Ignati holte aus seinem weiten Ärmel einen goldenen, mit funkelnden, kleinen Steinen besetzten Zauberstab. Damit beschrieb er mehrere Kreise in der Luft. Es entstand eine etwa wasserballgroße, bunt schillernde Seifenblase.

Der Zauberer grinste zufrieden und fragte: »Wer möchte Platz nehmen?«

Es rührte sich niemand vom Fleck. Alle hielten die Seifenblase für einen Scherz des Zauberers.

»Ihr braucht keine Angst zu haben«, beruhigte Fee Sardine die Kinder. »Dies ist natürlich keine einfache Seifenblase, sondern eine Zauberseifenblase, die euch sicher nach Hause bringt und erst zerplatzt, wenn ihr sicher gelandet seid.«

»Wer hat den Mut und steigt in die Seifenblase?«, fragte der Zauberer und schaute aufmunternd in die Runde.

Timmi trat vor. Er hatte schon das Zauberreich nicht durch eine Heldentat retten können, so konnte er jetzt zumindest Einsatzbereitschaft zeigen. Mutig setzte er sein Bein in die Seifenblase, drehte dabei aber den Kopf weg, weil er einen Riesenknall erwartete. Aber nichts dergleichen geschah. Nun zog Timmi das andere Bein nach und setzte sich bequem in die Seifenblase, die sich an seine Körpergröße angepasst hatte. Sanft schaukelte die Seifenblase hin und her.

Nun wollten Frederike, Emma und Lukas auch ihre Seifenblasen haben. Der Zauberer Ignati ließ sich nicht lange bitten und schrieb mit seinem Zauberstab mehrere Kreise in die Luft. Prompt erschienen drei Seifenblasen.

Emma stellte fest: »Herr Zauberer, es fehlt noch eine Seifenblase für Frau Engel und Leon.«

Der Zauberer schaute Olivia in die Augen. Olivia musste nun mit der Sprache herausrücken.

»Kinder, verzeiht mir, aber ich reise nicht mit euch zurück. Sagt meiner Vermieterin Bescheid, dass ich vorerst nicht nach Hause komme. Leon braucht seinen Vater und der ist hier in Glücksstadt. Da aber immer die Möglichkeit der Verständigung besteht, ist es nur eine Trennung auf Zeit.«

Frederike rannte auf Olivia zu und warf sich schluchzend in ihre Arme.

»Ich weiß, Abschied zu nehmen tut immer weh, aber der Schmerz vergeht auch wieder«, tröstete Olivia das weinende Mädchen. »Jeder von uns hat seinen eigenen Weg. Da müssen sich Freunde einfach manchmal voneinander trennen.«

Frederike kniete sich zu Leon hinunter, streichelte ihm über seine Wangen und sagte: »Tschüß, kleiner Leon. Ich hoffe, wir sehen uns bald wieder.«

Auch Emma und Timmi, die noch einmal aus ihren bequemen Transportmitteln ausgestiegen waren, verabschiedeten sich mit Tränen in den Augen. Lukas blieb cool. Er reichte Olivia lässig die Hand und sagte: »Grüßen Sie Prinz Michael von mir. Wenn ich nicht in die doofe Schule gehen müsste, würde ich mir auch gern hier die Zeit vertreiben.«

Brilli scharwenzelte schon die ganze Zeit um Olivias Beine herum. Ihm war die Seifenblase überhaupt nicht geheuer. Er bellte: »Ich bleibe auch hier, wau, wau. Emma, sage deiner Mutter, der Film ist nichts für mich. Hier ist es aufregender als im Fernsehkrimi.«

Olivia streichelte Brilli und sagte: »Nein, Brilli. Du

kannst nicht hier bleiben. Deine Aufgabe ist es, eine Filmrolle zu spielen. Du kratzt jetzt deinen Mut zusammen und steigst mit Emma in die Seifenblase.«

Brilli knurrte enttäuscht. Aber wenn Olivia ihn nach Hause schickte, blieb ihm nichts anderes übrig. Als Emma sich ausgiebig von Gideon verabschiedet hatte, stieg sie mit gemischten Gefühlen in die Seifenblase. Was würde sie zu Hause wohl erwarten?

Brilli nahm beherzt Anlauf und sprang in die Seifenblase. Da ihm nichts passiert war, fühlte er sich nun sicher. Er entspannte sich und rollte sich zusammen. Nachdem die vier Kinder in ihren Seifenblasen saßen, hoben sie vom Boden ab und schebten immer höher. Die Reise nach Hause begann. Olivia, Prinzessin Alina, der Prinz und Gideon winkten den davonfliegenden Seifenblasen noch lange nach. Olivia wischte sich verstohlen die Tränen aus den Augen.

Fee Sardine und der Zauberer Ignati verabschiedeten sich. Beide lösten sich in Luft auf und hinterließen nur eine rote und schwarze Rauchwolke. Olivia hatte den Eindruck, als ob sie ein schauriges Lachen gehört hätte. Sie schüttelte sich, weil sie eine unangenehme Gänsehaut am ganzen Körper spürte.

Schnell bat sie die Prinzessin: »Bitte nimm Leon mit ins Schloss. Ich mache mich gleich auf den Weg zu dem Dicken.«

Prinz Christian fragte besorgt: »Willst du wirklich allein zu diesem widerlichen Kerl gehen.«

»Ja« , antwortete Olivia entschlossen und hastete zielstrebig auf den Ausgang des Schlossparks zu.

Auf der Hauptstraße traf sie Wolfhard, der mit seinen

Untergebenen mit Aufräumarbeiten beschäftigt war. Die ganzen abgebrochenen Äste und Trümmerteile mussten aus der Stadt gebracht werden. Gerade wollte er eine Pause machen, um sich von seinen Freunden aus dem fernen Land zu verabschieden.

Überall hämmerte und sägte es. Die Einwohner Glücksstadts reparierten ihre Häuser und Zäune.

»Guten Morgen, wau, wau«, rief Wolfhard erfreut. »Da bin ich also noch nicht zu spät für die Verabschiedung gekommen.«

»Doch, leider«, entgegnete Olivia. »Die Kinder und Brilli sind bereits auf dem Weg in die Heimat.«

Wolfhard guckte Olivia baff an. Deshalb erklärte sie ihm ihren Entschluss. Auch Wolfhard bot Olivia an, sie zu dem Haus des Dicken zu begleiten. Aber sie lehnte dankend ab und setzte ihren Weg allein fort.

Als sie in eine der Nebenstraßen einbog, bekam sie ein ungutes Gefühl. In ihrem Herzen stach es unangenehm.

Nach einer Weile stand sie vor dem Haus des Dicken. Sie holte ganz tief Luft und klopfte nervös an die Tür.

Der Dicke öffnete und fauchte sie an: »Was wollen Sie schon wieder hier. Machen Sie, dass Sie wegkommen.«

»Sagen Sie dem Prinzen Michael, dass Olivia da ist«, rief sie so laut sie konnte, damit man im Haus ihre Stimme hören konnte.

Der Dicke wollte gerade Olivia die Tür vor der Nase zu schlagen, als Prinz Michael und die aufgetakelte Frau in der Tür erschienen.

»Was ist denn hier los?«, fragte Prinz Michael neugierig und starrte Olivia erstaunt an. Irgendwie kam ihm die braunhaarige Frau bekannt vor, aber er konnte sich nicht an seine Vergangenheit erinnern. Der Dicke hatte ihm erzählt, dass er ein Cousin von ihm sei und bei ihm mit seiner Verlobten zu Besuch war. Das hatten sich die junge Frau, die den Prinzen schon lange kannte und ihn schon immer als Freund haben wollte und der Dicke ausgedacht, als sie merkten, dass der Prinz nach seinem tagelangen hohen Fieberwahn an Gedächtnisverlust litt. Nun wollten sie diesen Umstand nutzen und den Prinzen für ihre Interessen ausnutzen.

»Micheal, ich bin es, Olivia. Du hast einen kleinen Sohn mit mir. Komm mit ins Schloss, dann kannst du ihn kennen lernen«, sagte Olivia flehentlich.

»Die Frau ist verrückt, mein Lieber«, säuselte die schwarzhaarige, auftoupierte Frau und lehnte sich an den Prinzen.

»Entschuldigen Sie, meine Dame«, sagte der Prinz bedrückt. »Das hier ist meine Verlobte.«

»Aber du liebst mich doch«, rief Olivia enttäuscht. Sie war am Boden zerstört.

»Schluss jetzt mit dem Geschwätz«, rief die Frau böse. »Verschwinden Sie! Das ist mein Verlobter und damit basta.«

Die Tür wurde abermals vor Olivias Nase zugeschlagen. Ihre Beine zitterten. Die grünen Augen waren voller Tränen.

Mit einem Tränenschleier vor den Augen lief Olivia wie betrunken durch die Nebenstraßen.

Frederike, Lukas, Timmi und Emma saßen mit roten Wangen in ihren Seifenblasen. Sie winkten sich gegenseitig zu und zeigten aufgeregt nach unten. Gerade flogen sie über das Hexenschloss von der Hexe Aurelia.

Sie sahen Gigantila wie sie die Erde in Aurelias großen Garten umgrub. Trikas lag faul in der Sonne. Neben ihm konnten die Kinder einen kleinen, schwarzen Punkt erkennen. Sie nahmen an, dass es Kasimir war.

Als sie die weiten Felder von Trollhausen erreichten, auf denen schon wieder die Getreidehalme sprossen, sahen sie Barnabas und Minkus über eines der Felder galoppieren. Timmis Herz machte vor Freude Bocksprünge. Er winkte und rief so laut er nur konnte. Die Schimmel konnten ihn zwar nicht hören, stiegen aber zum Zeichen des Abschiedes mehrmals nach oben. Ihre silbernen Mähnen glitzerten im Sonnenlicht. Barnabas war nämlich mit Minkus nach Trollhausen galoppiert, als die wärmende Sonne die Eiszeit vertrieb. Er musste wissen wie es seinem Freund Timmi ergangen war. Nun war er beruhigt und wusste, dass sich Timmi unversehrt mit seinen Freunden auf dem Heimweg befand.

Nach einer Weile fielen den Kindern die Augen zu. Auch Brilli schlief tief und fest. Irgendwann wachten sie zeitgleich auf und trauten ihren Augen nicht. Sie schwebten schon dicht über dem Grasboden des Schulsportplatzes.

Sie waren umringt von den jubelnden Einwohnern ihres Dorfes. Einige Jungen, die Fußball gespielt hatten, hatten die außergewöhnlichen Flugobjekte am Himmel entdeckt und die Nachricht von den Heimkehrern sofort verbreitet. Die Mutter von Frederike und Emma lief aufgeregt hin und her.

Brilli bellte ohne Unterlass, als er die tobende Masse sah. Emma versuchte ihn vergebens zu beruhigen.

Einige mutige Jungen stachen mit ihren Fingern in die Seifenblasen. Aber sie gaben nicht nach. Als die Seifenblasen dann endlich den Boden berührten, gab es vier laute Knalle. Als Emmas Seifenblase ohrenbetäubend zerplatzte, stob Brilli mit eingezogenem Schwanz davon.

Da half auch alles Rufen von Emmas Mutter nichts. Endlich fielen sich die Mutter, Emma und Frederike glücklich in die Arme.

»Meine beiden Mädchen sind wieder zu Hause«, sagte die Mutter erleichtert. »Die Angst, die wir haben, wenn ihr tagelang in diesem Zauberreich seid, ist nicht in Worte zu fassen. Wir wissen nie, ob wir euch lebend wieder sehen.« Die Mutter begann zu schluchzen.

Emma wollte sie trösten und versprach: »Ich will mich jetzt bessern. Ich will euch keinen Kummer mehr machen. Ab dem neuen Schuljahr lerne ich fleißig und ich höre auf euch.«

»Na, da will wohl jemand nicht ins Internat«, mischte sich der Vater ein. Emma senkte ertappt den Kopf. »Aber wenn du es wirklich ernst meinst, können wir ja den Internatsplatz streichen lassen.«

Emma umarmte den Vater stürmisch. Er guckte sich um und fragte verwundert: »Wo ist denn Frau Engel?«

»Frau Engel ist mit dem kleinen Leon im Zauberreich geblieben. Sie will dort mit Prinz Michael zusammen sein«, antwortete Frederike.

»Das ist ja eine echte Überraschung«, meinte die Mutter. »Da bin ich ja froh, dass ihr nach Hause gekommen seid. Ich hatte mir nämlich schon Gedanken darüber gemacht, ob Emma auf die Idee kommt, lieber im Zauberreich zu bleiben als in ein Internat zu gehen.« Emma fühlte sich durchschaut, denn solche Flausen hatte sie ja tatsächlich öfter im Zauberreich im Kopf gehabt.

Die Eltern liefen mit ihren Kindern im Arm froh nach Hause. Vor dem Gartentor saß Brilli mit heraushängender Zunge. Als er seine Familie sah, rannte er freudig bellend auf sie zu.

Auch Timmi wurde von seiner Familie herzlich empfangen. Die Mädchen seiner Klasse umschwärmten ihn neugierig. Auf ihr Drängen musste er den weißen Löwen aus seinem Rucksack herausholen. Der kuschelige geflügelte Löwe machte die Runde.

Timmi sagte wichtigtuerisch: »Leider ist das letzte Exemplar der fliegenden Löwen vor ein paar Monaten im Zauberreich ausgerottet worden. Aber vielleicht kann durch einen Zauber eine neue Spezies erweckt werden. Ich werde euch dann davon berichten, wenn ich das nächste Mal aus Salomè heimkehre.« Die Mädchen machten große Augen. Timmis Brustkorb blähte sich vor Stolz auf. Aber sein Vater beendete seine Vorstellung und sagte: »Es wird kein nächstes Mal geben, denn ab jetzt passen wir besser auf dich auf.«

Lukas ging mit seiner Mutter nach Hause. Sein Vater lebte seit einiger Zeit nicht mehr bei ihnen. Als er in seinem Kinderzimmer seinen Rucksack auspackte, fiel ihm die goldene Dose mit der geleeartigen Paste in die Hände. Er ging in das Badezimmer und stellte sie zu den Kosmetikartikeln. Mit dem Haargel aus dem Zauberreich kann mir bestimmt kein Mädchen widerstehen, dachte er selbstverliebt.